5分
シリーズ

5分後に驚愕(きょうがく)のどんでん返し

Hand picked 5 minute short,
Literary gems to move and inspire you

エブリスタ 編

河出書房新社

目次

Contents

［カバーイラスト］ちゃもーい

エブリスタ×河出書房新社

［ 5分後に驚愕のどんでん返し ］

Hand picked 5 minute short,
Literary gems to move and inspire you

私は能力者

たろまろ

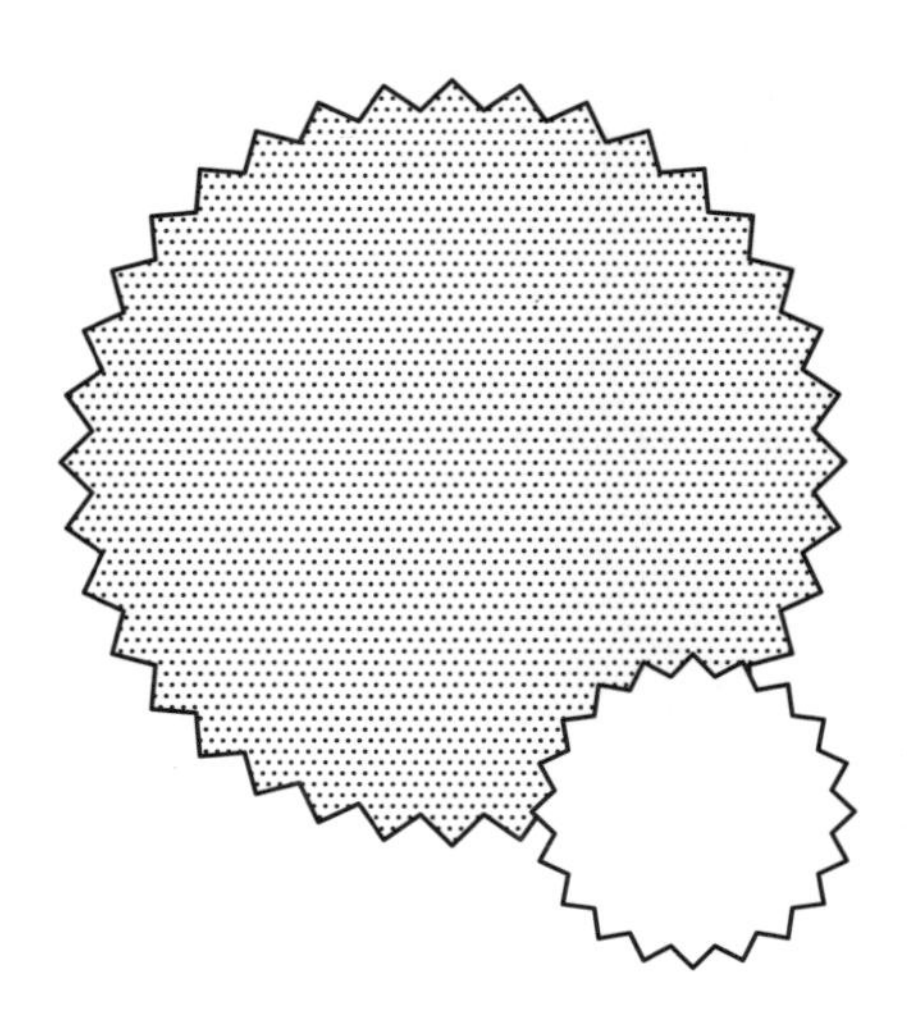

私は加納達也。

能力者だ。

シンプルに言えば「他者を操れる力」を持っている。


いつこの力に気づいたのか定かではない。

物心ついた頃から、私は周りの大人を操っていたのだと思われる。

そのため随分と甘やかされて育ってしまったと自分でも思う。なにしろ欲求の全てが思っただけで叶ってしまうのだ。

お腹が空いた。眠いから優しく寝かしつけてくれ。今は遊びたい。勉強はしたくない。

わがままな暴君に育ってしまったと思うかもしれないが、実際はそうでもない。

私は「わがまま」を口にしたことがないのだから、他者を不愉快にも困らせもしないのだ。

全ての物事は順調に運ぶ。学業で優秀な成績を維持する努力も必要もなかった。

営業の職に就けばあっという間にトップセールスマン。毎年、毎年、社長賞を貰う。会社の業績も伸びる。若くして出世コースにも乗る。

なにをどうしても私は成功するのだ。

生まれ落ちた瞬間から人生の勝ち組だと決まっていたのだろう。


その私が初めて躊躇したのは、今の妻と出会い恋に落ちた時だった。

妻は同じ会社の秘書課にいた。

社内で一番の美人だと噂されていた。

美人というのは大概がお高くとまっているものだ。秘書課なら尚更だろう。自分を振り向かない男はこの世にひとりもいないとでも思ってるんじゃないか。そんな風に意地悪に考えたりもした。

人生が順風満帆過ぎて、退屈していたのかもしれない。

気晴らしに私はたまにイタズラをしていたのだ。勿論(もちろん)、この能力を使って。

例えばこんなことがあった。

二年前の話だ。

説教がやたら長いパワハラまがいの嫌(いや)みな上司、永井(ながい)課長。営業成績がいつも最下位周辺にいる奴(やつ)らにネチネチ嫌みを言うのがやつのストレス発散になっていた。

その日も気が弱くて押(お)しも弱い、そのせいで成績がなかなか上がらない小川(おがわ)に嫌みを言っていた。

私は小川に舌打ちをさせた。

勿論、小川は超(ちょう)小心者だ。目の前に課長がいるのに舌打ちなんて逆立ちで地球を一周するのと同じレベルで無理だろう。

「チッ」

明らかな舌打ちの音に、オフィスにいた全員が凍(こお)りついた。永井課長もだ。

次に固まっている課長に対して、小川にセリフを言わせた。

「ったくよ。同じことをクドクドうるせぇんだよ」

全員が絶句した。

私は社長に「今すぐ営業課へ来い」と命じてから、課長には「ブチ切れろ」と命じた。

どんなブチ切れ方をするのだろうと興味津々で見ていると、課長は激高して小川を殴った。それも何発も。そのタイミングで社長がオフィスへ現れ、それを目撃。

哀れ課長はクビになってしまった。

小川は全治五日間の怪我。

永井課長を傷害罪で訴えることもできたが、社長自ら小川の配置替えを提案して小川は矛を収めた。

もともと営業畑は小川には無理があったのだ。いつも胃が痛そうだった。デスクワークを希望していた小川。今は総務課に配属されてとても楽しそうに仕事をしている。顔色も随分良くなった。

……と、こんな感じだ。

イタズラと言っても他愛ないことだ。勿論私は己を理性的な人間だと思っているので滅多なことがない限り、こんなイタズラはしない。能力を使うのはもっぱら取引先との契約を有利に進める時くらいだ。


おっと話が随分とそれてしまった。

社内で一番の美人だと噂されていた加賀美涼子。

その彼女がなぜか、私たちの合コンの相手として現れたのだ。

本当は小川からの打診で総務課や受付業務の女性たちとの合コンだったのだが、たまたま受付業務の女性と彼女が友達だったらしい。「合コンというイベントに参加したことがないから、一度参加してみたかった」と彼女は言った。

とても気さくで気取った様子が微塵もない。しかも聞き上手。どんな話をしても楽しそうに会話を膨らませて言葉のキャッチボールをしてくれる。

男性社員は私も含め、全員彼女の虜になってしまった。

男というものはなんだかんだ言っても美人に弱い生き物なのだ。

その美人が気さくで、会話が弾んでしまったら好きになってしまうに決まっている。

そして私は初めて躊躇した。

今まで他者を自由に操ってきたが、心までは操れない。

例えば「私に話しかけろ」と命じたところで、それで私を好きになるわけではない。下品な話をすれば、一緒にホテルへ行って既成事実を作ったとしても、彼女が私を好きになる保証はないのだ。

能力は役に立たない。

私は初めて、能力に頼らず物事を推し進めるためのアプローチを開始した。

加賀美涼子の好きな男性のタイプや、趣味、これだけは許せない地雷などの聞き取りは簡単だった。

秘書課の他の人間に命じればペラペラと教えてくれるからだ。

私はデータに基づき彼女をデートへ誘う決心をした。

生まれて初めて『手に汗握る』ことを経験したのだ。

ＯＫを貰えた時には夢見心地になった。

初デートは信じられないくらい楽しかった。大成功も大成功。

彼女の私服姿は着飾り過ぎず、清楚で可愛らしい。化粧もナチュラル。好感度はさらに上がった。二人きりでも沈黙は一切なかった。

彼女は明るくて朗らかだった。会話は弾み、私の話に彼女は熱心に耳を傾けてくれた。

こんなに自分と波長が合う人間が今までいただろうか？　と感激した。

能力など使う必要がなかった。

私と彼女は阿吽の呼吸で同じものに気づいて、笑い、手を触れ合わせ、そっと握り合った。

一年の真剣交際を経て、結婚したのはつい先月のことだ。

私は人生の勝ち組としての能力を備え、しかも能力に関係なくこの世で一番自分に合う美しい妻を見つけるという幸運も持っている男なのだ。

能力と幸運。この二つを持っている私に怖いものなどなにもなかった。


そんな私に、あるアクシデントが起こった。

仕事から帰ると妻の様子がおかしい。元気がないし、塞ぎ込んでいる。体調が悪いわけではなく、何か良くないことが起こってショックを受けている様子だった。

何度も妻へ尋ねたが、妻は「言えない」と涙するばかり。

「僕はなにを聞いても君を嫌いになったりしないから教えてくれ」

妻の目を見て、心からの言葉で訴える。妻はそれでやっと口を開いてくれた。

今日の昼間、「近くに寄ったから」と、社長が我が家を訪ねてきたのだという。妻は勿論リビングへ案内してお茶を出した。

そして建てたばかりの新築の家を褒めていた社長が、突然妻に襲いかかった。しかも抵抗した妻を私がクビになってもいいのか？　と脅し、よりによって夫婦の寝室で妻を抱いたのだという。


私は怒りで目の前が真っ赤になった。

そして決めたのだ。社長には死んでもらうと。

私は能力を使い、スピード出世を経て役員に収まった。そして副社長へ。そこまで登りつめてから、社長にはスピードの出し過ぎで交通事故に遭ってもらった。壁にぶつかり車は大破。社長は即死。

臨時役員会が開かれ、私は副社長から社長へと就任した。


妻は喜んだ。

忌々しい過去を忘れさったような清々しい笑顔を見せてくれる。

私は能力を使い人を殺めた。そんなことをするのは人格が壊れた人間だけだと思っていたので、自分がどれだけ罪悪感に苛まれるかと少し心配していたが、そうでもなかった。

しかし私はサイコパスではない。

社長には死をもって償わなければならない理由があったのだ。そう考えることで心の平穏を保てた。

なによりあの日からずっと、どこか寂しそうに微笑むことしかできなくなっていた妻が心からの笑顔を見せてくれた。妻を悪夢から解き放ったのだ。

この笑顔のために私はさらに会社を大きくすることに専念するだろう。

「僕が社長だから、君は社長夫人だよ。これから大変になるけど大丈夫?」

「……あなたを支えることができて私は幸福よ」

妻は涙で潤んだ瞳で私を見つめ言葉を続けた。

「あなたに出会えて良かった」

「僕もだよ」

「愛してるわ」

「愛してるよ」

私は加賀美涼子。
能力者です。
シンプルに言えば「人の心を読める力」を持っています。

[5分後に驚愕のどんでん返し]

Hand picked 5 minute short,
Literary gems to move and inspire you

先見の明

冨森駿

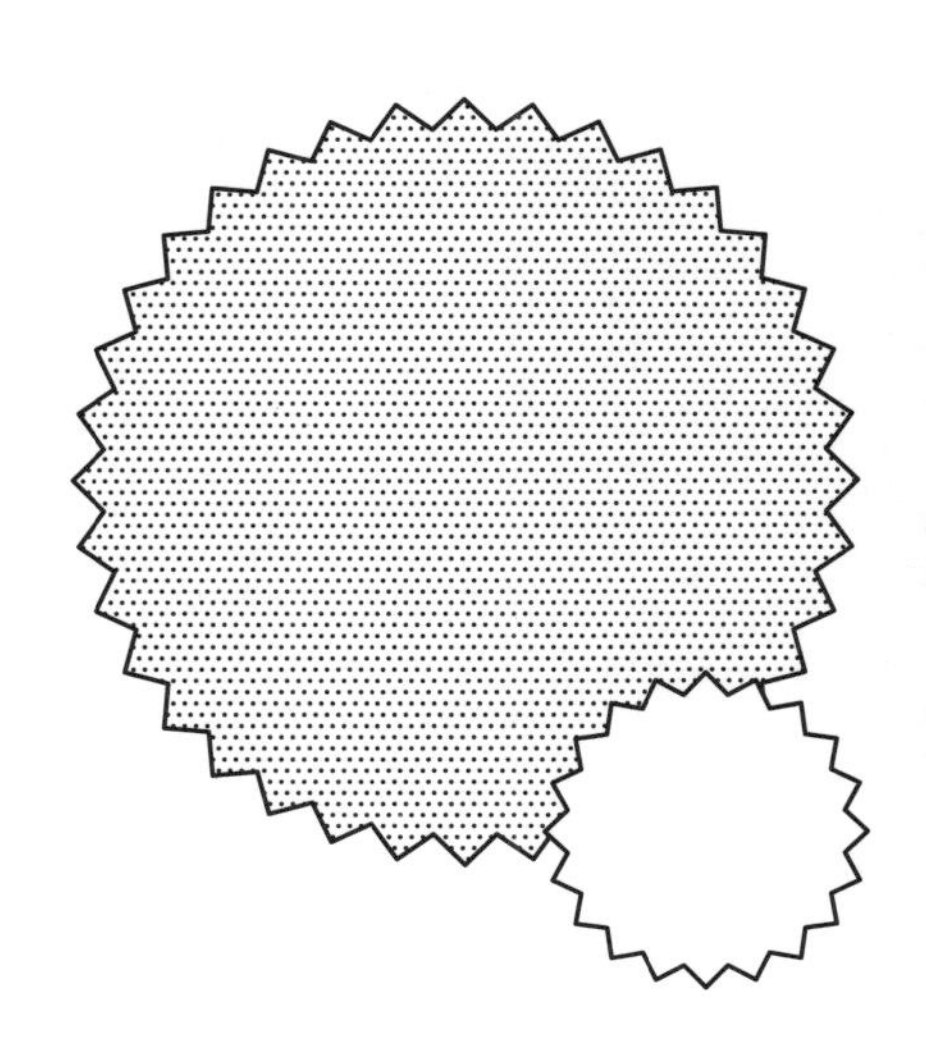

意外なことだが、荒唐無稽な話題のほうが幾分か話し出しやすいものである。へんに現実味があれば、よほど惹きつける何かがないと、人はたちどころにして冒頭から話者への興味を逸してしまう。

だから、場末のバーで偶然にも隣になった見ず知らずの男が、俺の「未来予知ができたらどうする?」という問いかけに思いの外、喰いついてきたのは無理からぬ話である。

男は安ウィスキーのオンザロックをあおると、ところどころ不自然な関西弁を交えて喋り始めた。

「そりゃあ、私利私欲のために使うわな。口では常に世のため人のためなんてけったいなお題目を善良なイチ市民は振りかざすけどな。

そんなもん自分の生活が保障されているからこそ言える話や。聖人君子きどったって一銭の得にもならへん。寄付も援助も義援も、自分の腹があんじょう肥えてからで十分やで。

健全な精神は健全なお腹に宿るっちゅうてな」

言い終わるや男は豪快にガハハと笑った。奥の銀歯が怪しくきらめいている。上気した頬から察するに、もうかなりの量を呑んでいると見える。

年の頃は五十過ぎであり、くたびれたスーツ、禿げ散らかした頭、酒太りした不格好な胴回り、アルコールの臭いに紛れているが年相応の加齢臭、おまけに薬指にあるべき光る物がないところを見ると独身。これが麻雀ならば三倍満は堅い大物手といったところか。

ただまあ、場末のバーの安酒でここまで気持ち良さそうに酔えるというのは、ある意味では羨ましくもある。憧れはしないが。

「ほう、具体的にやりたいことはありますか?」

言いながらピスタチオを割って口に放り込む。

「幾らでもあるわ。馬券買えば全てが万馬券。宝くじ買えば一等賞。手っ取り早くカジノでキャリーオーバーごとまるっとお持ち帰りするのもありやな」

「全部ギャンブルじゃないですか」

だから駄目なんだ、お前は。「それじゃ発想が貧困すぎますよ」

つい本音がこぼれた。

年端もいかない若造にこんなことを言われれば普通は怒るが、この男、気立てだけは一丁前に良いようで、またも豪快に笑うのみである。

「稼げりゃなんでもええやんけ。なあ、マスター」

カウンターで手持ち無沙汰にグラスを拭いていた若いマスターは、神妙に頷きまた作業に戻った。平日の昼時で、他に客がいないこともあって、男の声は俄然、大きくなっていた。ただ酔っているだけなのかもしれない。

俺はわざとらしく咳払いをした。

「違いますよ。良いですか、想像してみてください。ギャンブルで大きな配当のものばかりをことごとく当てた男がいるとします。どう思います？」

「そら、えらい運のええやっちゃなあ思いまんな」

「それだけですか、本当に？　なんの努力もしていない男が運だけで億万長者だ。運が良い奴がいたもんだなんて、そんな呑気なことを言って終わりですか」

男はひとしきり唸りながら、

「ちょっとムカつくかも分からへんな。なんでこいつやねんと」

小さくそう呟いた。ようやく本心が出てきた。経済的弱者は成功者への嫉みを少なからず抱いているものだ。ちょっとつついてやれば、存外、簡単に顔を覗かせる。ましてや酒が回って気が大きくなっている人間なら尚更である。

「それこそが悪目立ちなんです。宝くじの一等を当てた人間は、親戚にすら当選の事実を漏らさないと聞いたことがあります。コバンザメみたいな連中はそこら中にいますからね」

男はオンザロックをおかわりして、俺の話に耳を傾けていた。目元がぶれていないので、頭は正常に回っていると思いたい。

「話を元に戻しましょうか。そういったリスクを検討にいれて、未来予知の力をあなたならどう使いますか?」

「あんさんも変なこと聞くなあ」

あんたも変な喋り方するなあ。言葉が半分出かけたが、ここはぐっとこらえた。男は、そう言いつつも割合、真剣にこの命題に取り組んでいるらしい。店内に掛かっていたジャズの演奏が一曲、終わった頃、男は答えを出した。

「悪目立ちできへんとなると、やれることは限られてくるな。せいぜい会社内での出世とか、株でちょい勝ちするとか、そんな具合に使うのがよろしな。生活水準を上げることには変わりないし、不自由のない暮らしができれば何も豪邸に住んだり、高級車を乗り回したりせんでもええ」

「賢明です。そして、合格です」

俺はにっこりと笑う。

男が本物の関西人であれば強烈なツッコミが待っていたであろうが、実際には虚を衝かれ目を点にするのみである。

「なんのこっちゃねん」

ようやく出た感想はそれだった。まあ、こちらのほうが話を進めやすい。

「実はですね、過去に干渉するということ自体はそんなに難しいことではないのです。多元宇宙という考えを知っていますか？」

男は期待通り、難しい表情で首を振った。下膨れした頬がその都度、ぶるぶると波打っている。俺の講釈が長くなるぞと踏んだのか、マスターは椅子に腰かけて携帯をいじり始めていた。〝客〟の前だというのに、まったく。

「簡単に説明しましょう。今、我々がいるこの世界での一瞬を時流の一点と見て、その点の無数の集合を時間の連続体として捉えるわけです。

そうすると表面上、我々の世界は一本の長い線と見ることができます。実は、この線は一本ではなくて無数に存在しているわけです。

つまり、今この世界で過ごしている我々の他にも、無数の我々が別の線の中で同時に存在し、生活している。これが多元宇宙という考えです」

チェイサーを流し込み、喉を潤す。

「さて、この多元宇宙の考えに基づくと、隣り合った世界というのは実によく似通っている。この無数に走る平行世界は、離れれば離れるほど、中の様子の差異は大きくなりますが、今からするお話は隣り合った世界についてなので、遥か遠くの同時存在の定義については割愛しましょう」

男は分かっているのだか分かっていないのだか判然としない様子で低く唸っている。

「世界が似通っているということは、それだけ干渉がしやすいということです。ただ、まあ生身の人間がいくら頑張ったところで、時間の連続体を飛び越えて隣の世界に干渉するなんて大それたことはできません。それに耐えうる緩衝材を用意する必要があります。

その昔、タイムマシーンなんてものが創作物の中で良く出てきていましたが、あれはナンセンスですよ。物質的に平行世界へ干渉するという発想は前時代的で、実証もできていない」

「あんさんの話はつかみどころがないから分かりづらいわ」

「これは失敬。しかし、ここまでは理論の話ですので聞き流す程度で構いません。重要なのはここからです」

「やっと本題かいな」

じれたように男は大きく身をよじった。気の毒なことに、俺の長話のせいでせっかく注文したオンザロックの氷が溶け出して、ただの水割りになってしまっている。

安ウィスキーの水割りほどまずいものもない。

「では、どうやって干渉すれば良いのか。簡単なことです。普段とは違った行動をとれば良い。逆説的に話しましょうか。例えば、会社からの帰り道、今日は気分を変えてちょっと違った道を通ってみようかと思った経験はありますか」

男は首肯した。それくらいの経験は誰にだってあるものだ。

「実は、それは、ごく近くにある平行世界の干渉を受けての結果なのです。あちらの同時存在たるあなたが、同じような行動をとったために、こちらのあなたもそれに引っ張られた格好なのです」

「ほう」

初めて素直に頭に入ってきたのか、男は硬い表情をいくらか崩した。「それでそれで？」

「ただ、残念なのはいくら間接的に干渉を受けたところで、こちらでの変化は微々たるものだということです。でも、もし、もしもですよ。直接的に、この変化を操ることができるとしたら、いかがですか？」

ここで一呼吸おく。

「先ほど、緩衝材の話をしました。今までの我々は、あくまで物質的な発想しかできなかった。それでは駄目なのです。しかし、一つだけその緩衝材になり得るものを私は発見しました」

「それや。それが聞きたかったんや」

男の鼻息が荒くなってきた。思った通り、脈ありのようだ。

「メールです。

良いですか？　情報化社会と呼ばれる現代において電脳世界の広がりというのは、まさに爆発的（ばくはってき）です。これはまだ多くの研究者たちが気付いていないことですが、その広い広い電脳世界にも物理的な限界があります。

しかし、理論上、電脳世界は広がり続けているわけですから無限大です。ここに相矛盾（むじゅん）が生じている」

「あいたた、また頭がいたなってもうた。理論はほどほどでええから、結論だけ教えてくれんか」

「では、その矛盾はどうやって補完されているのか。この難題は平行世界の存在によって説明可能です。

要するに、まかないきれなくなった電脳空間の一部は、隣の平行世界における電脳空間を共有することで成立しているわけです。そう考えると、その共有している電脳空間からメールを飛ばせば、平行したあちらの世界との通信が可能になるのです」

マスターが携帯片手に話を聞きながらクックックッと奇怪な声で笑いをこぼしている。笑いたきゃ笑えばいいが、邪魔はしないでもらいたい。俺はあからさまに不機嫌な態度を出して咳払いした。

「そして、これはのちに分かったことなのですが、どうも平行世界から平行世界へメールを飛ばすとラグが発生するようなのです。正確には一年と二十三日分のラグです。

つまり、今から平行世界へメールを飛ばすと、時空を超える時に掛かる負荷が原因で宛先がぶれ、三百八十八日後の未来へ、つまり過去から未来へとメールが飛ぶといった寸法です。

三百八十八日分の日付変更線があるようなイメージですね。あちらからのメールは反対に一年と二十三日分だけ未来のものということになる」

「そんなことが可能なのかい?」

男は思い切り標準語で質問を飛ばしてきた。なるほど、これがこの男の素か。

「可能です。この携帯電話がそれです」

俺はすかさずスーツの内ポケットから携帯電話を取り出してテーブルに滑らせる。

「このラグというのは寧ろこのメーリングシステムのメリットなのです。つまり、あやろうと思えばですが、今年の宝くじの当選番号を平行世界の過去へと送信し、あちらのあなたが当たりくじを買う。

すると、その事実に引っ張られてこちらの時間軸でも改変が起こり、気付いた時にはあなたが億万長者になった未来に現実が再構築されていると、こういった按配なのです」

「本当かいな」

男は懐疑的な視線を送る。俺はせいぜい余裕たっぷりに笑ってみせた。

思わせぶりに身に付けていた腕時計や指輪を見せつける。

「信じるか信じないかは自由ですが、なぜ働き盛りの年齢の私がこうやって真っ昼間から酒を飲み、ブランド物の装飾類を着けていられる身分なのかを考えてみてください」

「でも、なんでそんなけったいなこと他人にベラベラ喋ってるんや」

「これ以上、富を手に入れると、私は悪目立ちしてしまうんですよ。このメールの魔力は凄いです。何せその気になれば、どんなことでも叶ってしまうんですから。自分から手放さないと欲望にまみれてしまうほどに。

だから、思い切って売りに出すことにしたんです。もちろん誰にでもというわけではないですが、あなたにはこれを持つ資格がある。言ったでしょ、合格だって」

俺はピースサインを男の前に突き出した。

「二百万でお譲りしますよ。なあに元はすぐ取れますし、欲に溺れそうになればこうやって他人に売れば良いんです。簡単なことですよ」

男は眉間に皺を寄せてしばし腕組みをして考え込んだ。ゆうに五十秒は時間をかけてたっぷりと沈思黙考すると、汗でてかった広いおデコをつるりと撫でて快活にこう言った。

「遠慮しとくわ。あんさんの話は魅力的やが、今の生活で十分満足してまんねん。それにその話が本当なら、他の買い手がすぐ見つかるやろ。せいぜい、きばりや」

男は俺の肩にポンと手を置くと席を立った。「マスター、おあいそ!」

数秒後、入り口のドアの閉まる音がして、客は俺一人になった。俺は大きく大きく嘆息した。

「やっぱり失敗したか」

マスターが携帯を置いて立ち上がった。顔中にニヤニヤという文字が貼りついている。

「あーあ、三倍満を逃しちまった」

「駄目な男の三倍満か?」

「違うよ。カモにしやすい男の三倍満」

俺は交渉中に我慢していたモヒートにちびちびと口をつけた。

「三流詐欺師が一丁前に客の品定めしてんじゃねえよ」

マスターは莞爾として笑った。

そう、彼の言葉通り俺は詐欺師である。それもドの付く三流詐欺師なのだ。

「うるせえよ。株で一儲けして若くして隠居生活に入った男には、現代社会を生き抜く苦しみなんて分からないだろうよ」

「なーにが生き抜く苦しみだよ。それに耐えかねて人から金を騙し取ろうってヤツに言われたかないね」

マスターとは大学時代からの腐れ縁である。本名は勅使河原林太郎というが、長ったらしいのでマスターと呼んでいる。

学生の時から何を考えているのか分からない野郎だったのだが、どうも株の才があったらしく大儲けした後、すぐさま社会からドロップアウト。今は、料理の趣味を活かしてこのバーで悠々の隠居生活を送っている。

たまに定年退職した老人が退職金で喫茶店を開くが、どうもその感覚に近いらしい。

「必死こいてSFについて勉強したのに、これじゃ割りに合わねえって」

「いつもそうだが、商談をしくじると落ち込んでんなあ。どうだ、マスター特製のネパールカレー食うか」

「いいって」

俺は怒鳴るようにして断りを入れた。

長く続く趣味の大抵が下手の横好きである先例に漏れず、この男もその類である。特に煮込み料理全般が死ぬほど不味い。

もとより採算度外視の経営であるため、それで客足が遠のいても構わないというから恐ろしい。どこからかマニアックな情報を仕入れ、日々メニューには得体の知れない料理名ばかりが増えていく。

酒は不味くしようがないというのが、せめてもの救いである。

「だーから、初めから言ってるだろう。お前が詐欺なんて成功しないって」

「分かんねえだろ」

「分かるんだって、俺には」

けっ。また始まった。

このバーで商談すると、ほぼ必ず失敗する。馴染みの店で、大概のことは大目に見てくれるので重宝しているのだが、そろそろ控えたほうが良いのかもしれない。ジンクスは気にするタチだ。

そうして、金をふんだくれなかった俺は、一人この男の駄目出しを聞く羽目になる。

「まず第一に、その高そうなスーツや時計。それ全部パチモンだろ」

ぐうの音も出ない。その通りだった。俺は頭を垂れる。

「そういうところから駄目なんだよ。一流ほど細部にこだわるもんだ。心意気がねえんだな、お前には。だが、まあそれはまだ良い。ハッタリを利かせれば最悪ごまかせる範囲だ」

ただし！　と強調するように奴は語気を強めた。

「理論に齟齬がありすぎるんだよ、お前は。せっかく方向性は間違っていないのに、不明瞭な部分をでまかせで補おうとするから、肝心なところがぼやけて真実味が薄れるんだ。勉強不足。これは詐欺師としては致命的だね」

「随分と分かったような口をきくな、お前」

「分かったようなじゃねえよ。分かってるんだ。さんざん俺が手を引けって言ってきたのに、お前はよ。いつも言ってるじゃないか。悪いこと言わんからやめておけ、俺には先が見えるからってよ。ま、お前の分かりきった失敗も外から見てるぶんには面白いからいいけどな」

「わーったよ」

俺はテーブルを叩いた。「やめりゃ良いんだろ、やめりゃ。この仕事には向いてないってよく分かったよ」

正直なところ、そろそろ潮時かと思っていたところだ。

「そうか。良し」

マスターは頷くと厨房に引っ込みまた戻ってきた。「餞別だ、食え」

それはどこかモタッとしてどす黒いカレーであった。口を付ける。やはり恐ろしく不味かったが、なんだか泣けてきた。初めて、俺は奴の手料理を完食した。

「詐欺から手を引いて真っ当な社会生活を送ることにするよ。今日が俺の再出発だ。今まで世話になったな」

マスターは、立ち去ろうとする俺に声を掛けた。

「はっはっはっ。そりゃ無理だ」

「え？」

聞き返す俺を見て奴は笑っている。「どういうことだよ？」

「言わなかったか、俺には先が見えるってよ」

「ほれ」と言って奴が差し出したのは、さっきまで奴が目を落としてニヤついていた携帯電話だった。受信メールを開いた画面が液晶画面に映し出されている。

From　勅使河原　林太郎
件名　Re: 詐欺師の男について教えてくれ

ああ、あのよく来てた三流詐欺師のことか。

そいつなら、もうとっくの昔につかまっちまったよ。

いつかまでは覚えてないけど、確か妙な関西弁を使うおっさん相手に金を騙し取ろうとしたところで、そのおっさんに通報されて御用だったかな。

あいつの商談失敗をカウンターから眺めてるのは良い暇つぶしになってたからなあ。いやあ、惜しい男を失くしたよ。ウチの店はさ。

どう？　そっちではあいつまだ元気に詐欺師やってる？

瞬間、俺は慄然とした。

送信日を確認する。それは、今から逆算して三百八十八日後の未来からのメールだった。

「惜しかったよなあ。お前がおっさんに説いてた多元宇宙だとか、電脳世界だとかの仮説な。あれ、方向性だけは間違ってなかったんだよ。で、その本物のシステムがこれってわけだ。おい、どうした。おいって。……駄目だ、こりゃ」

ああ、そうか。そういうわけだったのか。

だから、こいつは株で大儲けできたんだ。

だから、こいつは突如として隠居生活に入ったんだ。

だから、こいつは悪目立ちしないように場末のバーでマスターやってんだ。

だから、こいつはいつも分かりきった態度でいたんだ。

だから、こいつは……。

しばらくして、バーの扉が再び開いた。それは三流詐欺師にとってもバーのマスターにとっても、およそ客と呼べる者ではなかった。外では赤色灯の光が綺麗な弧を描いていた。

［ 5分後に驚愕のどんでん返し ］

Hand picked 5 minute short,
Literary gems to move and inspire you

記憶喪失（きおくそうしつ）

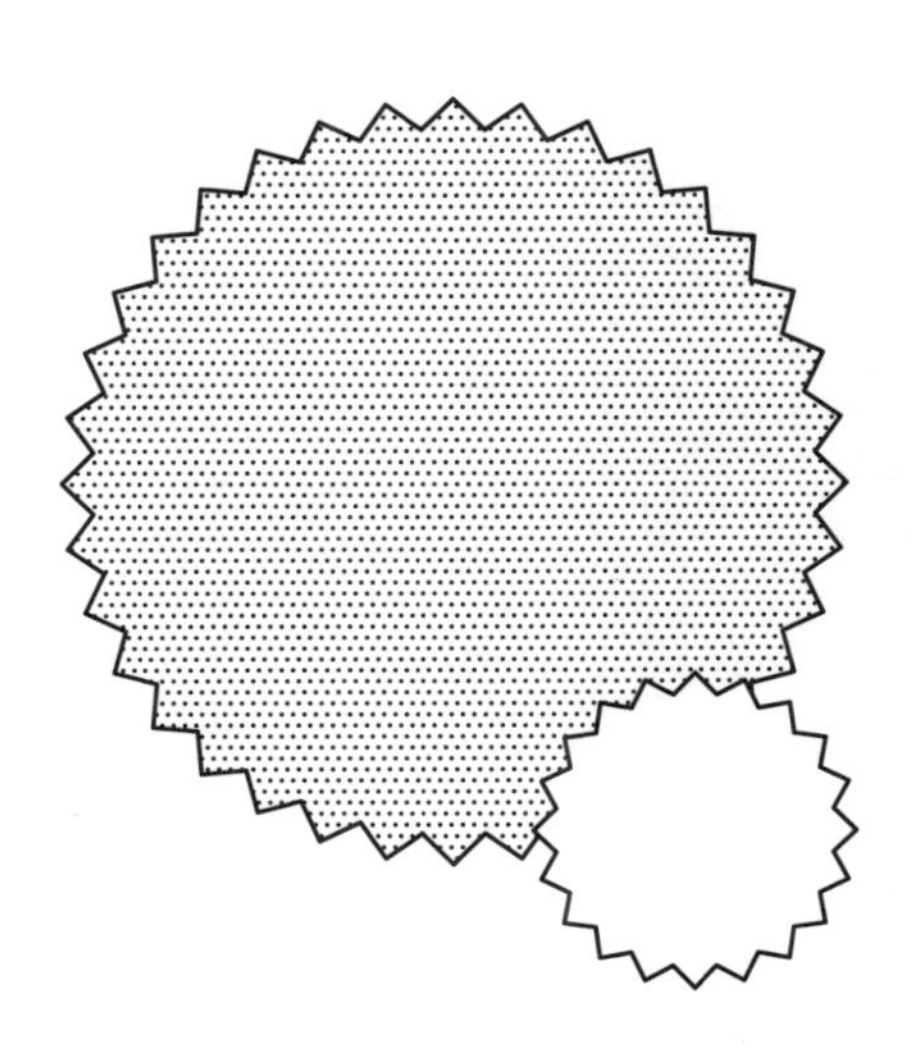

ヨモツヒラサカ

俺には過去がない。

そう言うのが今の状況にふさわしい。

所謂、記憶喪失というやつだ。

ベッドで目覚めた時には、名前や年齢、どこに住んでいたか、また、家族と言っている連中とも面識がなかった。

父と母、そして妹と思われる人たちは、俺が目を覚ますと、良かったと泣いた。

「すみません、あなた方は誰ですか？」

と言った時にはさすがに、その場の空気が凍りついた。

しかし、家族にとっては不幸中の幸い、生きているだけでも良かったとのことで、俺は今日めでたく退院の運びとなった。


なんでも、家族が言うには、俺が突然行方不明になり、一ヶ月後に玄関前に倒れていたとのことだった。家族は慌てて救急車を呼び、俺は病院に運ばれたが、衰弱していただけで、命に別状はなかった。なぜ行方不明になったのかも、まったくわからないし、どうして記憶が失われたかもわからない。外傷も何もなかったのだ。

それにしても、これは本当に俺の家族なのだろうか。記憶がまるっと抜けているから仕方のないことなのだろうけど。例えば、食事にしても、退院祝いだと母が作ってくれた、俺の好物だという煮物も口に合わなかった。少し箸をつけて、食べなかった俺を見て母は怪訝な顔をしてもういいの？　とたずねた。あまり食欲がないからと言いながら、空腹を白米で補った。自分の部屋にしても、カーテンの色、部屋に置かれたインテリアの数々、本棚の本にしても、まったく自分の趣味ではないような気がしてならないのだ。記憶喪失だから仕方ないとか、嗜好が変わったとか、そういう次元の話ではない気がした。

俺は突然、この世にこの姿で放り出された。

そう表現するのが正しいような気がした。幼児期も小学生の頃も、中学生の頃も、高校生の頃も、何も思い出せない。

大学は行ったのだろうか？　俺は何も持たずにこの世に送り出されたのだ。

そしてある日、家族は俺の寝ている間に忽然と居なくなってしまった。

俺は正直焦った。俺に何も告げずに消えたのだ。俺は言いようのない不安に襲われた。

何も記憶を持たない、何もできない俺は、これからどうして暮らしていけばいい？

就職しようにも、履歴書に何を書けばいい？

俺には過去がない。

俺は言いようのない不安に押しつぶされそうになり、一人残されたリビングで膝をかかえていた。

そうしているうちに、俺は眠ってしまったようだ。すると、家族が帰ってくる気配がした。

良かった。俺は安堵（あんど）した。泣いていた顔を見られるのがいやだったので、俺は顔を伏（ふ）せて狸（たぬき）寝入りをした。

「お兄ちゃん、寝ちゃってるよ、こんなところで。風邪（かぜ）引くよぉ?」

妹に起こされそうになって慌てた。こんな顔を見られてたまるかよ。

俺は寝返りをうつふりをして、顔を背けた。

「もーしょうがないわねえ」

母が毛布をかけてくれた。

過去がどうであれ、俺はこの家族と過ごしていれば幸せなんじゃないかな?

「本当に帰ってきたんだねえ」

母の声がしみじみと言う。

「あれからもう何年経つのかな」

父の声。

「あの時は、本当にこんな日がくるなんて思わなかったわ。突然あの子が死ぬなんて」

母は何を言ってるんだ?

「戸籍上、死んでないよ」

「まあね。死亡届出してないしね。確実に還ってくるってわかってたもの。おしら様のおかげだねえ」

「お兄ちゃんの皮が傷んでなかったのが救いだね。外傷がまったくない綺麗な死体だったもの」

「外見はお兄ちゃんだけど、やっぱ中身は違うね。好きな食べ物とか」

「お母さん、お兄ちゃんの中身って、なんなんだろうね?」

「さあ? でも、お兄ちゃんの姿で還ってきたからいいじゃない」

「それもそうね。お兄ちゃんもあの世できっと喜んでくれてると思うよ」

「そうだね」

「そうだね」

「そうだね」

俺は背中が震えるのを堪えた。

俺は何？

［5分後に驚愕のどんでん返し］

Hand picked 5 minute short,
Literary gems to move and inspire you

花火が彩る夜に
負けられない戦いへ

紫真子

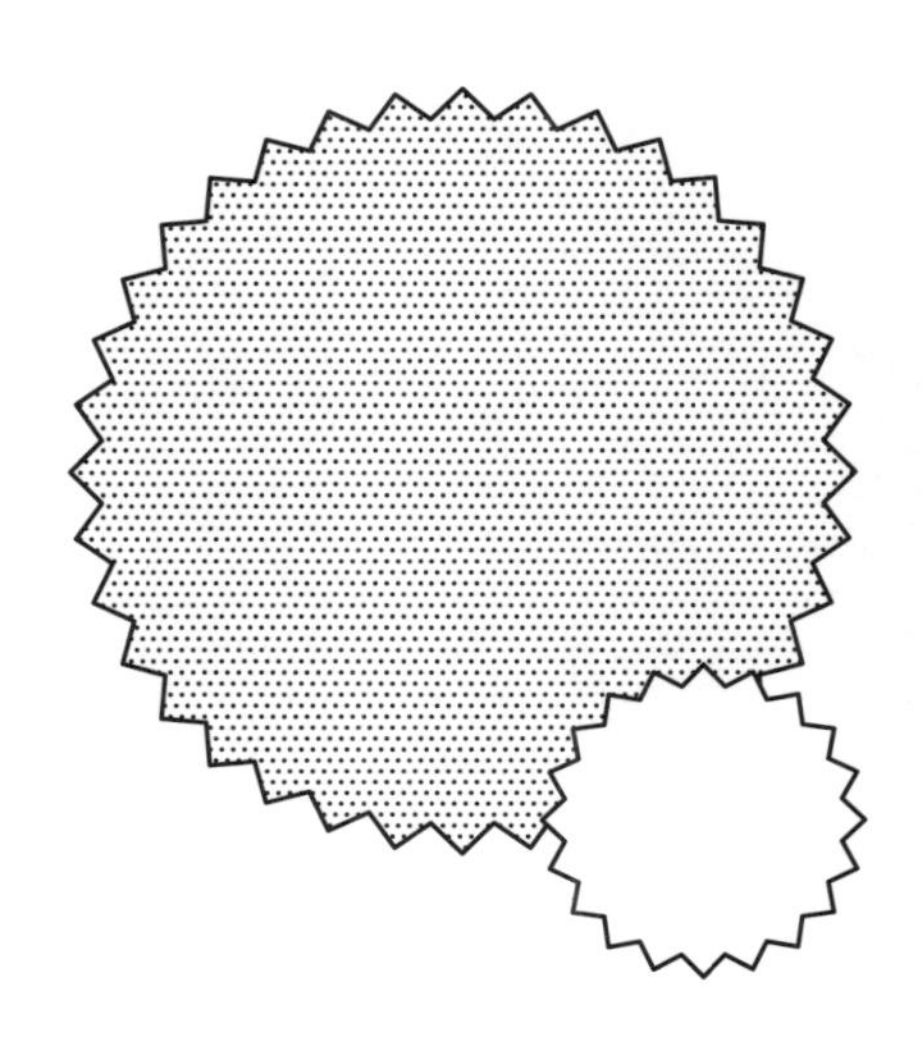

今年もその夜はやってきた。

昔からある小さな町の花火大会。決まって七月の終わりにあるそのお祭りは、川から花火を上げる。打ち上げられる花火の数はさほど多くなく、お盆ごろにある隣町の有名な花火大会に比べれば規模は小さい。それでも、このあたりに住む者にとっては大切な夏の風物詩で、毎年毎年みな楽しみにしていた。

そんな祭りの夕方、花火の時間までにはまだまだあるが、夜店も営業を始め、人通りも増えてきた路地を、彼女は大股で突き進む。その形相は祭りの浮かれた雰囲気とはかけ離れていて、彼女がかもし出すただならぬ様子に、誰もが自然と道を開ける。

そして彼女は、路地の端、少し入り組んだところにある、とある夜店の前に立った。

立地からあまり客も訪れないその夜店の店主は、ちらりと横目で彼女の姿を見るなりやれやれと溜息を吐く。

「椿（つばき）、お前は…………また性懲（しょうこ）りもなく来たのか」

椿と呼ばれた彼女は、右の拳（こぶし）を真っすぐ突き出す。

「一回、お願いします」

彼女の右手には、小銭が握（にぎ）られていた。

あぁ、また今年もこの戦いの季節がやってきたのか。

ヨーヨー釣（つ）りの夜店の店主である彼は、けだるげな様子で、小銭と引き換（か）えにこよりのついたW形の釣り針を椿へ手渡（てわた）した。


椿は毎年、この場所へとやってくる。毎年変わらずこの祭りの片隅（かたすみ）に店を開く風変わりな店主へ戦いを挑（いど）むために。

「どうしたんだ、今年は？　そんなおめかしして」

今まではカジュアルな服装でやってきていた椿が、今年はレトロな雰囲気の紫陽花（あじさい）柄（がら）の浴衣（ゆかた）に身を包んでいたので店主が思わず聞くと、水面に目を凝（こ）らしたまま彼女は答える。

「去年言ったじゃないですか。ヨーヨー釣りには浴衣だって。だから、形から入るのも大事かと思って祖母の浴衣を引っ張り出してきました」

折り畳み椅子に座る店主は呆れながら、そういえばそんなことも言ったかなぁと、しゃがみこんでいる椿を見下ろす。

形からといっても、ヨーヨー釣りならば去年までのTシャツのほうがずっとやりやすいだろう。浴衣では袖が邪魔になる。

そう思った店主だったが、あえて言わなかった。日頃こういったお洒落とは無縁の世界で生きている椿のこんな姿を見るのも悪くないと思ったのだ。彼女の短い髪に飾られた花飾りが艶やかだった。

そんな店主の心中などわかるはずもなく、椿は必死にヨーヨーを見つめている

………いや、見つめているのはヨーヨー本体ではない。そこからのびている糸ゴムの先にある輪っか部分だ。そこに釣り針をひっかけ、引っ張り上げる。単純ではあるが、簡単にはいかない。こよりが水にぬれては強度が落ちる。水面に浮いている輪を狙わなければ。色とりどりの線で模様が描かれた白いヨーヨーに狙いを定め

た椿だが、それに続く輪っかはゆらりゆらりと揺れ、水色のヨーヨーの陰に見え隠れする。

それならばこっちからと位置を移動した椿だったが、まるでそんな彼女をからかうように輪っかは赤色のヨーヨーの裏へ隠れてしまう。

輪っかを追い、しばらく水面とにらめっこしていた椿だったが、気まぐれな動きに業を煮やし、思い切って勝負に出た。釣り針に輪っかをひっかけ、一気に引き上げる………が、輪っかを深追いしたがためにぬれてしまったことよりは、水ヨーヨーの重みに耐えきれず、ぷつりとちぎれてしまう。落下した白いヨーヨーは水しぶきをあげた。

「相変わらず不器用だな、お前は」

口惜しさに身もだえる椿に、店主は苦笑いを浮かべながら声をかけた。

すると椿は店主をにらみつける。

「そんなこと自分でもわかってます！　だから毎日家で自主トレまでしてるんです！」

「お前そんなことしてたのか!?　その労力もっと他に使えよ！」

「こっちも必死なんですよ!!」

…………世界が変わっても、こいつだけは変わらないな…………

無駄に真っすぐというか、不器用な生き方というか、変わらない椿の姿に店主は思わず柔らかな笑みを浮かべた。

そんな時、椿の横で幼い歓声があがる。

「やったぁ！　三つとれたよ！」

それは、椿よりも先にこの屋台へ来ていた先客の男の子で、端に赤い色のついたちぎれたこより片手に、三つの水ヨーヨーを誇らしげに掲げていた。

「おぉ！　すごいじゃないか」

店主が大げさに驚くと、男の子は嬉しそうに笑う。

一方、椿は愕然とその男の子と、自分の手の中にあるちぎれたこよりを交互に見つめた。

「…………私、駄目かもしれないです…………」

あからさまにショックを受けている様子の椿に、仕方がないなぁと、店主はこっそり耳打ちをした。

「子供用にはちょっと強いこよりの釣り針を渡してるんだよ」

こよりの端の赤い色が子供用の目印だと店主はつぶやいたが、椿はそんなつぶやきを聞くことなく、勢いよく立ち上がった。

「それってずるくないですか！」

「はぁ!?」

「勝負は勝負です！　子供も大人も関係ありません!!」

「大人げないなお前!!」

融通（ゆうずう）が利かないところも、椿は昔と変わらなかった。

…………そろそろ花火があがる時間か…………

腕(うで)時計を見た店主は、次いで夜空を見上げた。

この祭りの花火は、人気の花火大会に比べれば数は少ない。だが、店主はここからのんびり眺(なが)めるここの花火が好きだった。それは幼いころから変わらない風景で。

しかし…………

「この祭りも、変わったなぁ」

店主の突然のつぶやきに、本日何個目になるかわからないこよりを手にした椿が顔をあげる。

「なにがですか？」

椿は水ヨーヨーに夢中で、こちらの話など聞いていないと思った店主は、少し驚きながらも答える。

「並ぶ店だよ。お前、ここ最近、金魚すくいやりんご飴屋(あめや)がなくなったの気が付いたか？」

「え？」

店主に言われ顔をあげた椿は、通りに並ぶ夜店を見た。確かに、見渡す限り金魚すくいやりんご飴の文字は見えない。

「本当だ…………」

「他所からいろんな病気が入ってきただろ？　その病気で金魚やりんごがかなり被害にあったんだよ。それで値段が高騰してな」

金魚やりんごだけではない。外部との交流のおかげで急激な発展をしている反面、様々な場所にそのしわ寄せは現れている。

「人間ってさ、なくなって初めてその大切さに気が付くんだよな。金魚すくいだってりんご飴屋だって、今まではあるのが当たり前で。それがなくなったとたん寂しくなる。普通にある時に気が付けばいいのに、そういう時は全然気が付かない。めんどくさい生き物だよな」

「…………私も、貴方が去ったあとに気が付きました。もっと教わっておけばよかったって…………」

うつむき震える声でつぶやいた椿は、勢いよく顔をあげると、真っすぐ店主を見つめながら言う。

「この店はまだ辞めませんよね！　勝負に勝つ前に辞められたら困ります‼」

あの日からまるで変わらない椿が、なんとなく嬉しかった。

「…………あぁ、この祭りがある限り続けるつもりだから」

水ヨーヨーだって他の店だって…………いや、この祭りの主役である花火だって、いつ突然なくなるかわからない。でも、それは言わなかった。


遅いなぁと店主が思っていたら、花火が夜空に打ち上げられた。通りを埋め尽くしていた人々も、待ち望んだ花火に思わず足を止め、みな空を見上げた。

今年もここの花火は変わらなかった。今は椿以外に客もいないし、のんびり花火を眺めていた店主だったが、しゃがみこみ、うつむいたままの椿の手が震えていることに気が付いた。

「どうした？」

「…………いえ。花火が…………」

「花火がどうした？　見ないのか？」

「花火が始まったら、もう終わるじゃないですか…………花火が終わったら、勝負も終わりじゃないですか！」

休み休みあがるこの祭りの花火も、一時間もすれば終わってしまう。主役である花火が終われば、この祭りも終わる。祭りが終われば夜店も店じまいだ。

「今年こそは…………今年こそはヨーヨーを十個釣らなきゃいけないんです！　はじめの年に言ったじゃないですか。ヨーヨーを十個釣れたらなんでも言うことを聞いてくれるって。だから、今年こそは釣ってみせるんです。釣らなきゃいけないんです！」

確かに、店主がはじめてここに店を出した年、やってきた椿にそう言った。だから彼女は、毎年この祭りへとやってくる。ヨーヨーを十個釣り上げるために。

「今年こそは十個釣ってみせますから…………だから、帰ってきてください。お願いしますから…………帰ってきてください」

顔をあげた椿。必死に涙をこらえるその瞳が、打ち上げられた花火にきらめいていた。新人として店主のもとへやってきた時から、どんなに辛いことがあろうと椿は泣かなかった。店主が戦うことをやめたあの日も、椿は決して泣かなかった。今も、泣くまいと必死に涙をこらえていた。きっと、ここまで彼女が切羽詰まるほどにつらいことがあったのだ。けれど、それでも彼女は泣くことを良しとしない。

そんな椿を前にしても、答えられる言葉は一つしかなかった。

「ごめんな、椿。お前の思いには応えられない。俺はもう戦えないんだよ。戦う理由が、もう見つからないんだよ」

大切な人を守りたくて戦ってきた。守りたい人がいたから戦えた…………でも、彼女を失った今、もう戦う気力がわいてこなかった。なんであんなに必死に戦えたのか、わからなくなった。

店主は寂しげな笑顔を浮かべた。

「戻ってもらわないと困るんです。二十七号機は、あなたじゃないと乗りこなせない。どんなに私が頑張っても、駄目なんです…………」

久しぶりに聞く愛機の名前が、ひどく懐かしく感じられた。

「…………二十七号機がなくても、もっといい新しい機体があるだろ。俺がいなくても、気概のある若いやつらがいるだろ」

「駄目なんですよ、もう…………あの二十七号機が戻るくらいのことがないと」

ニュースでは伝えられない宇宙の戦局は、それほど追い込まれているのか。

「戦う理由は、この世界を守るためじゃ駄目なんですか?」

椿の言葉に、店主は若いころの自分を思い出していた。若いころの自分は確かに、世界を守るんだと言って宇宙へ行くことを決めた。

「隊長…………この世界を失わないためじゃ駄目ですか? 金魚すくいやりんご飴みたいにしたくないんです。失ってからじゃあ…………遅いんです」

久しぶりに呼ばれた役職は、なんだかこそばゆかった。

「…………わかったよ」

店主の答えに、椿ははっとなり顔をあげる。だが…………

「十個釣れたら戻ってやるよ」

おまけな、と言って店主はこよりのついた釣り針を椿に手渡した。

「なっ! …………あなたっていう人は! どこまで頑固なんですか!!」

「まぁまぁ。約束は約束、勝負は勝負、だから、さ」

にぃっと意地悪げに笑ってみせる店主に、椿は怒りに顔を紅潮させ、渡されたこよりをぐっと握り締めた。

「わかりましたよ！　言っても無駄なら、絶対、絶対、十個釣り上げてみせますから‼」

「やったーー‼」

花火の爆発音とともにあがった椿の歓声に、周りにいた人々は何事かと振り返る。

だが、当の本人はそんな周囲の反応をまるで気にすることなく、手にしたヨーヨーの束を店主へと突き付けた。

「見てください！　十個！　十個釣り上げましたよ！　これで約束通り戻ってもらえますね！」

先ほどの子供と同じようにはしゃぐ椿に、店主は苦笑する。

「あぁ、わかった、わかったから」

「明日の朝七時にお迎えにあがりますから！」

「朝七時って、早いだろ…………こっちにも準備ってもんが…………」

「駄目です！　明日は朝一の便を逃したら夕方まで上には行けませんから！　じゃあ、準備しておいてくださいよ！」

椿は十個のヨーヨーを片手に、浴衣の裾をまるで気にすることなく駆けていった。

もうすぐ花火は終わる。せめて最後まで見ていけばいいのに、相変わらずせっかちなかつての部下は去っていってしまった。彼女が去っていったほうをしばらく見たあと、彼は、自分の手元を見た。そこには椿が使った最後のこよりが残されていた。十個のヨーヨーを釣り上げたこより。その端には、赤い印がついていた。

「…………ったく、敵わねぇなぁ」

花火が打ち上がる。

店主は花火を静かに見上げた。そして、花火が散ったあとも、そらを静かに見つめていた。

「5分後に驚愕のどんでん返し」

Hand picked 5 minute short,
Literary gems to move and inspire you

言葉（メッセージ）

梅☆林

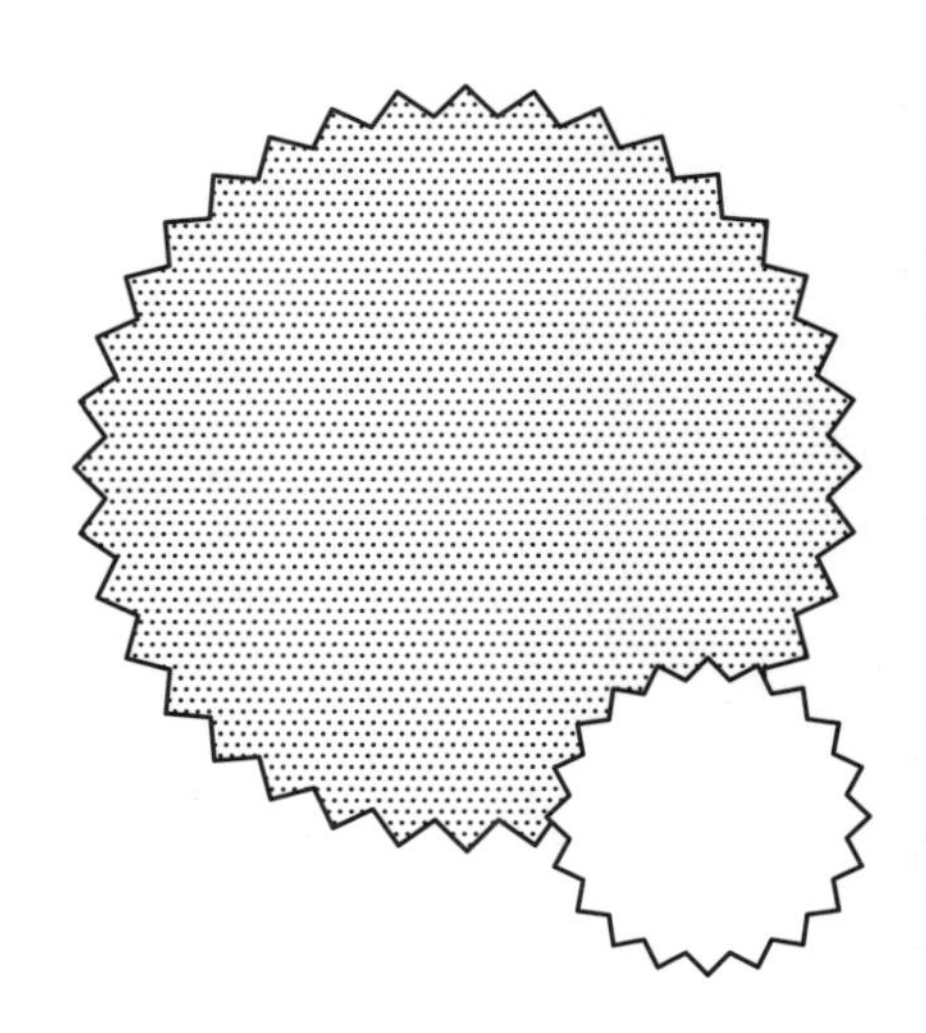

彼との付き合いは長くなるだろう。

私が彼と会ったのは……確か、三年前の今のような夏頃だ。蒸し暑く、蟬がうるさい季節だ。

そんなとき彼は私を〝買って〟くれたの。


感動した、いや……号泣したね。


だから、私はその三年間の恩返しのために……、彼の部屋を掃除しているのだ。

ベッドの下や、床など……埃が舞っていたが、私にかかれば問題ない。

そして、私は掃除をしている途中にさりげなく…………彼に文字（メッセージ）を書いたのだ。


あ、床にね？

これだったら彼は見てくれるだろうし、感謝間違いなしと思う。

っと、考えている最中……彼の部屋のドアがガチャッと開いた。

誰かが入室してきたのだ。

私は部屋に入ってきた人物を確認した。まぁ、確認しても……どうせ彼だろう。

「ただいまー」

予想通り私の彼氏だった。彼は大学生で、年は二十一歳だ。

「お、綺麗になってるな。流石だな」

彼は私を見て感謝の言葉を贈った。……少し、嬉しい。

「…………ん?」

そして、彼は床に目をやり私が作った文字（メッセージ）を見た。

そこには〝埃で〟こう書かれていた。

『大好き』……、と。

彼は目を疑うというような表情を作り私を二度見した。

そして、彼は驚きの表情を私に見せてこう言った。

「ルンバ……もう、潮時だな。明日は燃えないゴミの日だったな」

彼はそう言って、私をヒョイッと持ち上げてゴミ袋に詰めた。

私の電源ボタンを切って捨てたのだった。

［ 5分後に驚愕のどんでん返し ］

Hand picked 5 minute short,
Literary gems to move and inspire you

僕(ぼく)と先輩(せんぱい)と秘密の図書室

白黒ねこ

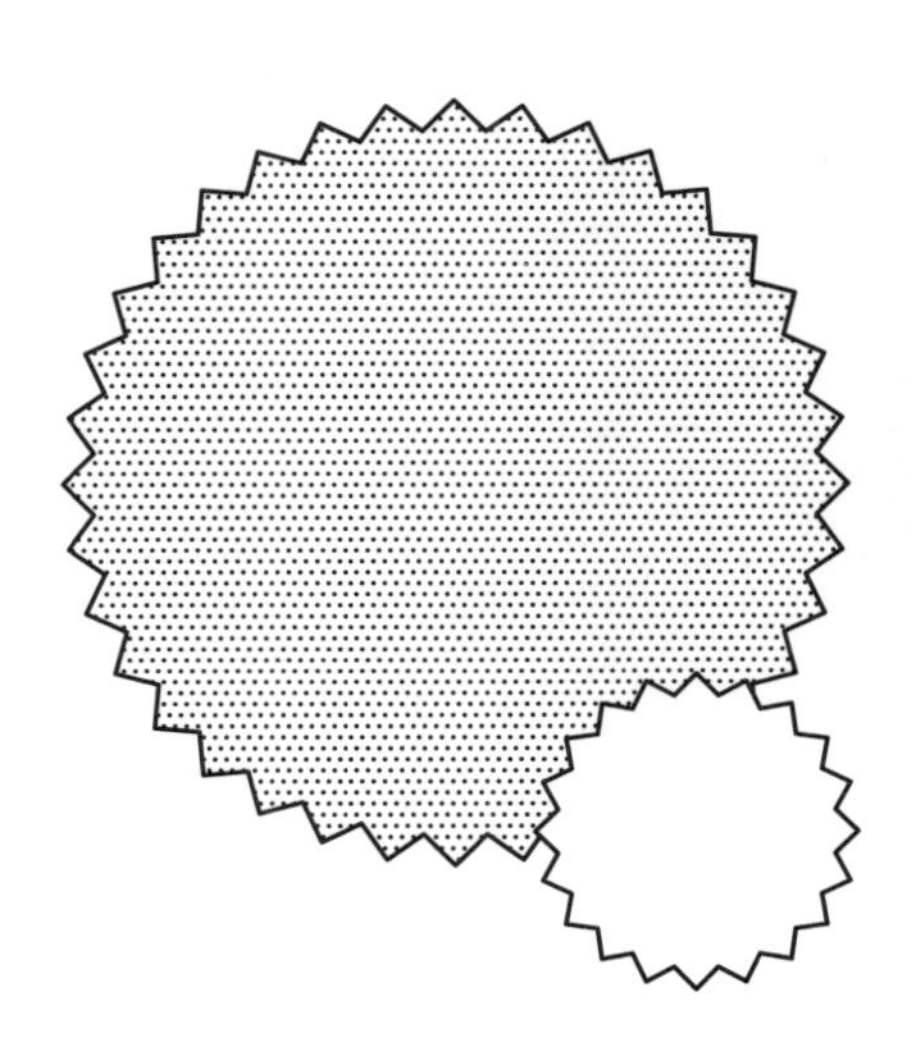

［ずっと待ってるから］

そんなメッセージが届いた。

輝くほど真っ白な封筒に、淡い青のライン。

古ぼけた郵便受けにひっそりと入れられ、僕の手に取られるのを〝待っていた〟かのような感覚。

宛先を見ればやはり、僕の名前がある。

小さめのまるっこい、でも変に崩れていない可愛らしい文字の羅列が、僕の名前を描く。

「……文通をしているの？」

背後から花の香りがした。思いっきり振り返ると、先輩が立っていた。

いや、ただ立っているだけではなく、僕の肩越しに封筒を覗き込み、僕の耳に甘い吐息を吹き掛け、滑らかな動作で僕の手から封筒を抜き取ると、開封し、封筒と同じデザインの便箋を抜き出し、囁くように声に出したのだった。

「〝ずっと待ってるから〟としか書いていないわね」

「先輩……それは僕宛の手紙ですから、勝手に読まないでください。ていうかここは僕の家です、なんでここにいるんですか」

気だるい感じを隠そうともしないこの先輩は、高校三年生女子。

ちょっと噂になるくらいに美人なのに、性格はどこかおかしい。天は人に二物を与えないとはこういうことだろうか。


高校の先輩と後輩という、ただそれだけの関係である僕らだが、新鮮な毎日を平凡に、ただただ平凡に過ごしていた僕の日常を、先輩はそこに現れただけでぶち壊してくれた。

入学して数ヶ月、とある廊下の曲がり角、急いでいた僕と（たぶん正解だけど）よそ見していた先輩は、少女漫画かってほどに鮮やかにぶつかった。

双方共に尻餅をつき、謝罪して立ち去ろうとした僕に、あろうことか先輩は軽い身のこなしでタックルをしかけ、顔を固定すると、その桜色の小さな唇を僕の唇に……………。

目撃していた数人の生徒による伝言ゲームで、いつしか僕らはセットとして扱われるようになった。

「……だって、朝の占いで〝廊下の角でぶつかった異性にキスをすると、幸せになれる〟って言ってたんだもの」

「人の思考を読まないでくださいっ」

便箋から目を逸らした先輩が、ずいっと顔を近付けてくる。

「読んでないわ、君の人差し指が唇をなぞっていたから、また思い出してるんだぁって思っただけよ」

言われて気付いてももう遅い。握りしめた右手を背中に隠すと先輩はくすくす笑った。

「さぁ、学校へ行きましょう」

三年生である先輩と、一年生である僕とでは当然教室が違う。

「じゃあ、お昼に図書室へ来てね」

先輩はそう言うと綺麗な仕草で片手を振り、階段を上っていった。

「……行かなきゃいいのにさ、僕も」

頭をくしゃっと掻き回してため息。たまたま見ていた友人から「先輩からの誘いだぞ、絶対行けよ！　むしろ俺と代われっ」と言われているのを無視して、席につく。

言われなくったって行くよ。行かないとあの先輩……ずっと待ってるんだから。


午前の授業を適当に真面目にやり過ごして、昼食のパンを片手に図書室へ。もちろん図書室は飲食禁止だが、食べないわけにもいかない。

図書室へ行くと、先輩の姿はなかった。代わりに、受付カウンターの係の生徒が手紙を預かっていた。

今朝の封筒とは趣が全く違う、メモ用紙を半分に折っただけの手紙。……ちょっとイラッとしたけど、二つ折りの手紙を乱雑に開くなんてこともできないので普通に開く。

〝第二図書室へ来て〟

この高校で図書室と言えば今、僕がいるこの部屋だ。しかし先輩は僕に、もうひとつの図書室を教えてくれた。そっちに僕を呼んでいるんだ。

……本棚(ほんだな)の森を抜けていく。

図書室の奥(おく)の奥。僕の背丈(せたけ)より低い扉(とびら)がひっそりと僕を〝待っている〟。

この扉に鍵(かぎ)がかかっていないことは知っている。でも、開くのには少し躊躇(ためら)いがある。

他の生徒はこの扉の存在を知らないだろう。折り畳(たた)み式の長机の下に隠され、机の上には誰(だれ)も興味を持たない新聞が数社分並んでいるだけ。

一応辺りを見回してから腰(こし)をかがめ、扉の中に足を入れた。

扉を閉めるとひやりと冷たく湿(しめ)り気すら感じる空気が触(ふ)れる。暖房(だんぼう)の設備などなく、かといって外気も入らない。こんな場所が本を保管する場所として最適であるはずがない。

そう、ここは本を保管する場所ではないのだ。

誰にも読まれなくなった廃棄待ちの本。雑な扱いのせいか、それとも長い年月をたくさんの生徒の手によって捲られ続けた人気作だからか、ページが抜けたり表紙や中身が破れていたりする本。

ここは、本の墓場だ。

学校側の都合だかで処分することができず、また他の図書館などへ寄付することもできない本たち。

この暗く湿った部屋の中で、朽ち果てるのを待つばかりの本たち。

そんな薄気味悪くさえ感じる場所に、テーブルセットなんかを設置しちゃってる先輩は、絶対におかしい。

小さいけれどお洒落な丸テーブルに、お揃いの椅子が二脚。テーブルにはシンプルな水筒とコップが二つ。ひとつの椅子に腰かけた先輩は、心許ない光の中で一心に本のページを捲っている。

「……目が悪くなりますよ」

僕が先輩にここへ連れてこられる前までは、全くの明かりなしで読書に勤しんでいたらしい。勝手ながらコードレスのスタンドを置かせてもらった。

「思ったより早く来たわね」

「お腹すいてるんです」

暗闇に浮かぶ先輩の顔が、ふわりとほころんだ。逆に僕は頬を膨らませ、空いている椅子に座るや否や持参したパンの袋を開ける。

「わぁ、今日はなにパン？」

「なんですか、貰うつもりですか、あげませんよ」

読みかけの本に栞を挟んだ先輩が瞳を輝かせるけど、僕はそれに知らんぷりでパンにかぶりつく。

「えぇ……あっ、こっちのコーンマヨパンおいしそう……あ、ほら、温かいお茶をあげるわね」

無視する僕を構いつつ、水筒……携帯マグだろうか、その中身をコップについでいく先輩。少し甘い香りが鼻をくすぐった。

仕方なく、本当に仕方なく、コーンマヨパンを先輩のほうに滑らせる僕。

先輩の笑顔を、また無視する。

昼休みの時間は限られている。

「なんでこっちなんですか」

こっちとは言わずもがな、この第二図書室のことだ。先輩はどうもここを気に入っているらしく、よく僕を呼びつけるのだ。図書室のカウンターにメモを預けるのも恒(こう)例(れい)で、それも僕らがセットとして認識されているがためにスムーズにまかり通る。

コーンマヨパンの半分を食べた先輩は温かいお茶を一口飲み、口を開いた。

「君とお話がしたかったから、よ？」

「話なら別の所でもできるでしょう」

お茶をすする。思ったより熱かった液体は、甘い香りの紅茶のようだ。なんの香りだろう。

先輩の目がいっそう、甘く細められる。

「誰もいない、二人きりでお話がしたかったのよ。ここの他に二人になれる場所はあるかしら?」

探せばあるだろう。しかし目の前にいるこの先輩は、学校中で一目おかれる美人なのだ。いつどこにいても注目の的。そんな先輩とこんな僕が一緒にいれば、さらに注目を集める。なんせあの伝言ゲームは今になっても有効なのだ。

「……あら、やだ。こんな所で襲ったりしないでね」

「するかっ! だいたい襲ってきたのはそっちじゃ……ってまたかっ」

指が勝手に!

気を紛らわせようとお茶を飲み干すと、先輩はまた湯気のたつお茶をついでくれた。

「こんなところでお話ししたり、お茶を飲んだり、食事をしたり、読書をしたり……よくできるわよね」

歌うように先輩が言う。

あんたが言うか、読書してるのはあなただけです、と僕の口は悪態をつけない。

「暗くて、寒くて、湿っぽくて、朽ち果てるのを待つばかりの本の墓場……」

先輩の小さな唇が、場違いに嬉しそうに笑みを作る。

「ねぇ、君は……私が呼び込まなければここには来なかったでしょうね」

先輩のコップの中身は、からだった。

「さぁ、一緒に来てくれるかしら。第二図書室の奥へ。秘密の……密会ね」

ただ綺麗な先輩は、ただ美人な先輩は、ただ注目の的な先輩は、ただどこかおかしい先輩は……。

これ以上なく、綺麗に美人に、目が離(はな)せないくらいに、おかしく、妖艶(ようえん)に笑った。

椅子から立ち上がり、僕に背を向ける先輩に、黙(だま)ってついていく。

第二図書室の奥。

秘密の密会。

「ずっと待ってるから」

今朝のあの手紙は……いったい誰からだったんだ。

僕宛なのは間違いない。

僕を〝待っている〟のは間違いないんだ。

第二図書室の中に、本棚は少ない。

ほとんどの本が適当な段ボールに詰められ、入りきらないものは床に直置き。

それらの本の塚を先輩は暗がりの中、すいすいと避けて歩く。僕はただひたすら先輩の背中を辿るだけだった。


「ねぇ、君は、本が好きかしら」

「それほどでも、ありません」

ヒラヒラ揺れるスカート。

「じゃあ、恋愛に興味があるかしら」

「それほどでも、ありません」

細い足首。

「私のことは、好きかしら」

「それほどでも、ありません」

細い、腰。

「生きていることは素晴らしいかしら」

「それほどでも、ありません」

華奢な肩。

「死ぬことに興味はあるかしら」

「それほどでも、ありません」

流れる黒髪。

「殺すことに興味がある」

「振り向いたら、やります」

小さな頭。

白い頬。

優しい瞳。

小さな……唇。

「……彼女を殺したのは、あなたよね」

「そんなことも、ありました」

先輩はゆっくりと振り返り、僕を見つめて微笑んだ。

「振り向いたら、やりますと言ったはずです」

「まだ早いわ」

先輩はわざと靴音を鳴らして先へ進んだ。


ひとつの本棚の前で、先輩は歩みを止めた。いや、もう進めないのだ。

ここが第二図書室の一番奥。奥の壁を塞ぐように本棚が設置されているのだ。

「私がもし君に殺されたら、君は世間的に死ぬことになるわ」

「ここには誰も来ないでしょう」

僕の声は冷静で、この空間にお似合いなほど、冷たい。なのに先輩は、そんな僕をも溶かすような熱い視線を向けてくる。

「ずっと待ってるから」

「……それが、なにか?」

先輩が後ろ手に本を抜き取った。胸の前でページをはらはらと捲り、分厚い表紙と裏表紙が少し湿った音で本を閉じた。

「あなたをずっと待っていたのよ」

「……先輩がですか？　なんのために」

手に取った本を足元に置くと、また次の本を手に取る。それを床に置き、本を重ねていく。

「もちろん私も待っていたわ、君を。でもね、先客」

「……まさか」

先輩は棚に残った本の残りを一気に振り払った。バサバサと床に落ち、埃を撒き散らし、ちぎれたページが数枚ひらりと舞う。

「君を待っているのは、彼女よ」

ほぼからになった本棚には、腕が横たわっていた。いや、胴体も足もある。首も、頭も。

ただ、命はない。

もう動かない、彼女。

入学して数ヶ月で、やってしまった。

普通に普通の生活をしたくて隠してきたのに。

彼女は僕を知っていた。

本当の〝僕〟を、知っていた。

そして、怖れ、恐がり、罵った。

そんなものを我慢することは容易い。

でも、彼女の一言で僕の日常が破壊されるのは、たまらなく嫌だった。

仕事でもないのに、殺した。


そしてたまたま見つけたこの第二図書室へ隠した。

そのあと急いで普通の生活を送ろうと廊下を走っていたら、どこぞの角でぶつかってしまったのだ。

この、先輩に。

「あの手紙は、先輩が？」

「郵便受けのものと、メモ書きでは筆跡が明らかに違うわよね」

「もう一人、僕のことを知っている人がいるんですね……」

壊れていく。

まだ数ヶ月なのに。

数ヶ月しか、頑張れなかった。

「いるわね、知っている人が。でも、教えないわ」

「拷問とか、僕は好きじゃないんですが」

「言わないわ。でも、謎を解いてあげる代わりに、私と約束してほしいのよ」

どうでもいい。

この人も殺して、そいつも殺そう。

「あの手紙を書いたのは、彼女の妹さんよ」

「……そんなはずは」

驚きを隠せなかった。

彼女が僕を知っていたように、僕も彼女を知っていた。でも姉妹がいるなんて、妹がいるなんて、聞いてない、見たことない、知らない。

「君が知らなくても当然だわ。妹さんの存在は産まれた時から消されていたのだから」

「消されていた？」

おうむ返しの僕に、先輩はうなずく。

「詳しい話は省くけど、妹さんは姉を……彼女を怨んでいたのね。そして、すり替わるチャンスを狙っていた」

「そんな話が、信じられると思って」

「君が殺人鬼だってことも、そう易々とは信じられないわね」

僕の言葉を遮って、先輩は微笑む。僕は唇を噛んだ。

「姉を殺してくれた君に感謝しているそうだわ。今は幽閉されていた場所から逃げ出して、他の街へ行ってる頃ね」

「……か、んしゃ？」

「図らずも〝いいこと〟をしてしまったわね、殺人鬼」

彼女の遺体は、命以外にもひとつ、なくなったものがあった。


「いつ、気付いたんです」

僕の正体に、僕の本性に、僕の素顔に。

「初めて会った時よ」

廊下の曲がり角、タックルされて、触れた唇。

「新入生の君から、ここの香りがしたんだもの」


彼女の顔が、なくなっていた。

「〝彼女〟からのメッセージよ」

先輩の大人びた透明（とうめい）な声が、僕を縛（しば）り付ける。

「……ずっと待ってるから」

先輩の蕩けるような瞳が、僕を熱く見つめる。

「お礼がしたいのかしら、でも残念ね……しばらくは会いに行かせられないわ」

「……なにを言って」

「言ったでしょう?　私も君をずっと待っていたのよ」

背後に彼女が横たわる。先輩の後ろで僕が殺した彼女が横たわる。

先輩の手が触れる。彼女を殺した僕の頬に、滑らかで温かなぬくもりが触れる。

先輩の唇が触れる。僕とキスした小さな唇が、冷えて凍り、緊張で熱く燃えた耳に触れる。

「……いつか、いつか私を殺してくれる君に、やっと会えたのだから。約束よ、いつか私を殺してね」


美しい先輩は、より美しく。

綺麗な先輩は、より綺麗に。

妖艶な先輩は、より妖艶に。

妖しい先輩は、より妖しく。

あやしな先輩は、よりあやしく。

頭、おかしいんじゃないのってくらいに幸せそうに微笑んで、僕に長いキスをした。

［ 5分後に驚愕のどんでん返し ］

Hand picked 5 minute short,
Literary gems to move and inspire you

透明(とうめい)人間になるまでに

柚木とわ

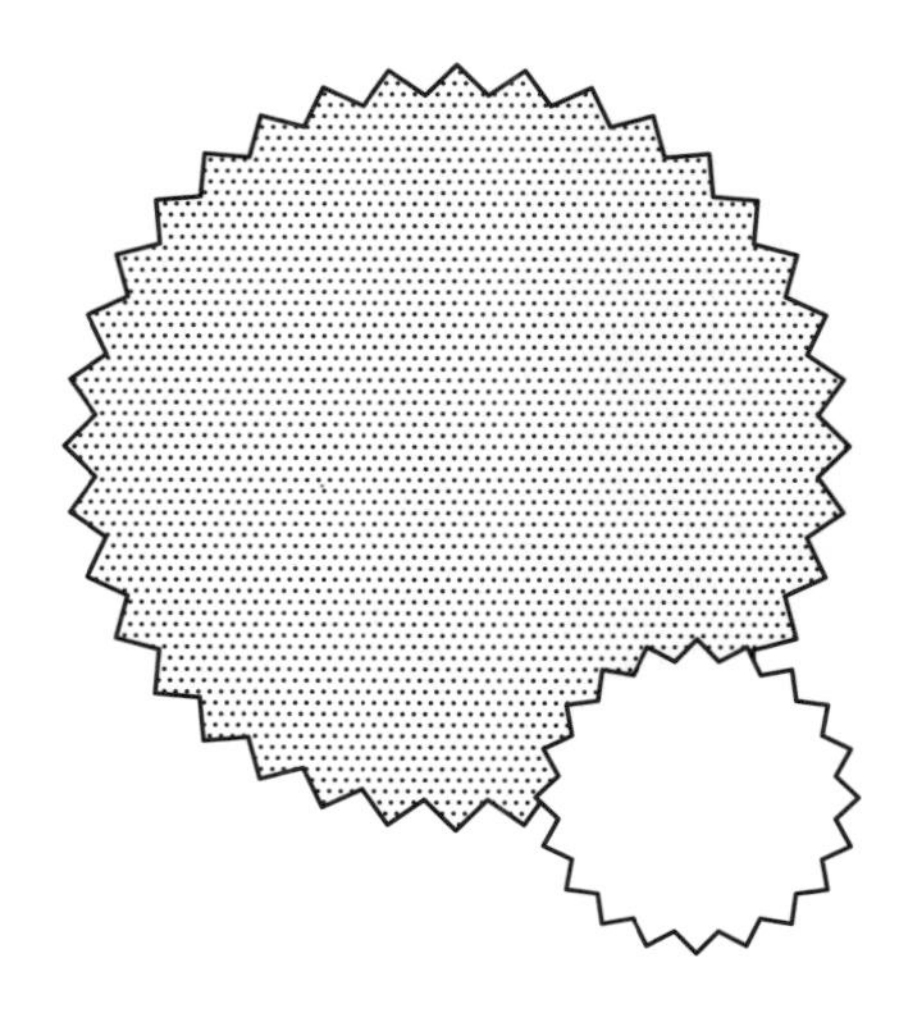

ある夜勤明け、勤務先である軍病院から帰ると、電気も点けずカーテンも締め切った部屋の中で夫がソファーに腰かけて泣いていた。

どうしたのか、と私が声をかけると夫はパンパンにはれ上がって痛々しい目で私を見て、とにかく一緒に病院に来てほしい、と私の手を引いて車に乗せた。

数十分走って、車は夫が勤める大学病院に着いた。夫も医師なのだ。

夫に伴われて入った診察室の中では、夫の上司であり私もかつてその下で学んだK教授が私たちを待っていた。

沈痛な面持ちで私たちには目もくれずカルテに目を落としている教授に私が、あの、夫に何かあったのでしょうか、と声を掛けるとK教授は一層悲しげな眼差しで私たちを見つめるのだった。

まったく訳が分からない。

尚も私が問い詰める素振りを見せると、K教授は重い口をやっと開いた。

「君の夫はある病に罹ってしまった。不治の病だ。原因も分からないし、今のところ有効な治療法もない」

夫の、ますます激しくむせび泣く声。

しかし私には、まったく訳が分からないままだ。一体なんの病なのでしょう。彼はなぜこんなに泣いているのですか。

私の問いかけに、Ｋ教授は目を丸くした。

「君は、怖くはないのかね」

怖くない、といえば嘘になる。

だが治らないからといって彼の命がすぐに消えてしまうのかといえばそんなことはないだろうし、私にだって何かできることがあるかもしれない。

むしろ戦うべき相手が分かればそれは喜ばしいことです。

私がそう言うと、Ｋ教授は相変わらずで良かった、と言った。私は昔からリアリストなのだ。

それで、病名は。

この私の問いにＫ教授が答えるまでには、少し時間がかかった。

Ｋ教授が私の目をまっすぐ見つめる。

「正式な病名は人体不可視化症候群。最近存在が確認されたばかりの、新しい難病だ。もっぱら透明人間病と呼ばれているがね」

透明人間病……。

聞いたことはなかった。でも、私は長らく学界からは縁遠い世界に身を置いているので、知らないのも無理はないだろうと思った。

「この病気にかかると、患者はだんだん周囲の人間に認知されなくなっていく。そこに存在はしているんだ。

だが、なぜか誰からも見えなくなってしまう。そのうち声も聞こえなくなるし、患者に触られても感じられなくなる」

これを聞いて私は安心した。とりあえず、夫が死ぬことはないのだ。

それにしてもしかし、なんと不思議な病気だろう。

この病がもたらすのは、肉体的な死ではなく観念的な死なのだ。

夫が観念的に「死んでしまう」には、少なくとも一年かかるとのことだった。そして、三年以内には必ずその時は訪れるだろう、とも。

丁寧（ていねい）にすべての質問に答えてくださったK教授に私と夫は深々と頭を下げ、病院を後にした。

その帰り道、まだしゃくりあげている夫の手を握（にぎ）り私はできる限り優しい声で言った。

大丈夫（だいじょうぶ）。あなたはひとりじゃないわ。

それに、あなたが世界から消えてしまっても私の世界からあなたは消えないのだから。

夫はやっと笑ってくれた。

正直、この言葉は自分自身に対する決意表明のようなものだったのだが、夫が笑ってくれたのならそれで良かった。

こうして、私たちの「闘病（とうびょう）生活」は始まった。

……………

私たちはまず、日常の些細なことでも記録する習慣を付けることから始めた。絶対にしなければならないことや忘れてほしくないことを付箋に書いて、共有のノートにぺたぺたと貼っていくのだ。今日の晩御飯の希望。お使いのお願い。川沿いの桜が咲き始めたらしいから今週末見に行こう、などなど。

こうして記録する癖をつけておけば、夫が見えなくなってしまったとしても夫の書いた文字は残る。コミュニケーションはできるのだ。

次に始めたのは、夫の姿を記録しておくことだった。

食べる姿、歯を磨く姿、朝寝坊して慌てる姿、そのどれもを飽きるほど見ていたはずなのに、いざ記録し始めると、そのどれもが新鮮で、愛おしかった。

最初は恥ずかしがっていた夫も次第に慣れ、そのうちふざけて私を撮ることも多くなった。

「自分がこんなに愛妻家だったなんて気が付かなかったな」

そう言いながら洗濯物を干す私をビデオカメラで撮る夫に向かって、私は笑いながら、私は自分が愛夫家だって気付いていたわよ、と言った。

そのうち、日常に変化が起こり始めた。

まず、なんでも記録する癖を付けたせいか夫婦の間ですれ違いが起こらなくなった。以前は、お互い医師で忙しいせいもあってすれ違いが多く、そのせいで衝突することもしょっちゅうだった。

それから、二人で過ごす時間が増えた。

私は少しでも夫といられるようにと上司に事情を話して非常勤にしてもらった。夫も同僚の方たちが気を利かせてくださって、以前よりも家にいられる時間がぐんと増えた。

その時間を使って私たちは海に行ったり散歩をしたり、一緒に料理を作ったりした。毎日の流れが急にスローペースになり、私は心がここしばらく感じていなかった安らぎに満ちているのを感じていた。

しかしその穏やかな日々を、病魔はゆっくりと、だが着実に蝕んでいった。

初夏の日差し爽やかな、ある日曜日の朝のことだ。

食器を洗っていた私は、リビングからいつの間にか夫の姿が消えていることに気付いた。

あれ、さっきまでいたのにな、と思ったが、きっとどこかジョギングにでも出かけたのだろう、と考え直してそのときは大して気にも留めなかった。

夫がふらっとジョギングに行くのは結婚前、まだ同棲していたころからの彼の癖のようなものなのだ。

きっとあと一時間もしないうちに帰ってくるだろうと私は高を括って買い物に出かけた。

……しかし、夫はなかなか帰ってこない。

正午を回り、近所の小学生たちの元気な「ただいま」が聞こえ始めても、夫はまだ帰ってこなかった。

私は不安になって、夫に電話をした。

その着信音は家の中、それもすぐ近くで聞こえた。

そして私はそこで初めて、リビングのソファーに腰かけ電話を握りしめて泣いている夫を見つけたのだ。彼はずっとそこにいたのだ。ただ……私に見えなかっただけで。

こんなことが、だんだん増えていった。

長いときは丸三日も夫は透明なままだった。


そのうち、ルールができた。

夫の姿を見かけないと思ったら、すぐに電話を掛けること。透明になっていると気付いたらすぐに連絡ノートに書くこと。透明な間は、家から出ないこと。

慣れとは恐ろしいもので、半年も経つころには、私は夫が透明になってもあまり動揺しなくなっていた。もちろん悲しい気持ちにはなるが、どうしようもないことだし、それに一番つらいのは夫なのだ。

透明な間、彼は誰にも認知してもらえない。

その絶望は、私には到底計り知れないものだった。

…………

夫が病を発症して、今日で丸一年がたった。

夫はまだ完全には消えていない。だが、もうほとんど私に夫の姿を見ることはできない。

最後に彼の姿を見たのはいつだっただろうか？　見える日を数えたほうが早いくらいだ。

目安と言われていた一年は超えた。もういつ夫がいなくなってしまってもおかしくはない。だからこの一年間、色々やってきた。私たちが出会ってから今までで、この一年間ほど同じ時を過ごし、感情を共有し、お互いのことを考えたことはなかったろう。

だけど……。

それでも、あの手の温もりが、私を呼ぶ声が、私の愛する夫のすべてがこの世から消えてしまうことが、たまらなく悲しくて怖い。

私が溢(あふ)れる涙(なみだ)を堪(こら)えられないでいると、目の前のノートに何か書かれる気配がした。

「大丈夫? そろそろ病院に行かなくちゃ」

……そう。今日はK教授の診察を受ける日なのだ。予約はあと一時間後。もう家を出なければ間に合わない。

私は一度ぎゅっと強く目をつぶってから、どこかにいるはずの夫に行きましょう、と声を掛けて出かける支度をし、家の前にタクシーを呼んだ。

しばらくすると、一年ぶりの大学病院が見えてきた。私の頭の中を走馬灯(そうまとう)のようにこの一年が駆け巡る。

宣告を受けた日は、一年後がこんなに怖いものだなんて知らなかった。記憶が私の感情をあまりにも強く揺さぶるので、私は思わず目を閉じた。

院内は平日だからか閑散としていた。

会釈してくれた通りすがりのご婦人は患者さんだろうか、点滴棒を転がしている。彼女の目には私が一人で病院に来ているように見えるのだな、と思うとなんだかおかしかった。

診察室に入ると、K教授は私たちを笑顔で出迎えた。なんと、教授も今日という日が迎えられるとは思っていなかったらしい。そこで初めて私は、リミットが「少なくとも一年」ではなく「長くても一年」だったことを知った。

しばらくこの一年の経過や取り組みなどを話した後、教授は「旦那さんにだけ話を聞きたいから、別室で待っていてほしい」と言い出した。

おかしなことを言うものだ、夫は今透明なのにと私は思ったのだが、教授には私の知らない意思伝達方法があるのかもしれないと考え直しつつ看護師さんに案内されて別室へ向かった。

診察室の戸が閉まる瞬間(しゅんかん)、私を見ていたK教授の目が悲しそうに歪(ゆが)んだことがやけにはっきりと私の目に焼き付いた……。


……………


「……さて。さっきも言ったが、君たちが今日診察に来られると正直私は思っていなかった。きっと君たちの愛の力だろうね」

微笑(ほほえ)みを湛(たた)えながらも、K教授の声の調子は沈んでいる。無理もない。妻は彼にとっても大切な、教え子のひとりなのだ。

「……半年を過ぎたくらいから僕(ぼく)の姿が見えなくなることが多くなったと妻は言っていましたが、同じころから郵便配達員や近所の方のことも時々見えていなかったようなんです」

僕の報告に教授は深く頷き、「近いうちに君のことを彼女は完全に認識できなくなるだろうし、これからはそういう対象がどんどん増えていくだろう」と言い、目頭を押さえた。

……一年前。

偶然早く帰宅していた僕は、妻の勤め先である軍病院から一本の電話を受けた。途中から電話口の女性がまるで自動案内の音声のように思え、まともに立っていることもできなかった。

妻はその日夜勤だったのだが、その途中でどうやら事故に巻き込まれたらしかった。公には決してしないでほしい、と念を押された上で、その事故は院内で行われていたある実験中に起きたもので、妻は偶然事故現場に居合わせたのだと言われた。

意識を失ってはいるが外傷は全くなく、事故のことも覚えていない。しかし、まず間違いなく妻の脳には後遺症が残る。その後遺症により妻はだんだん周囲の人間を認知できなくなっていくだろう……。

そう、説明された。

それから僕はすぐにK教授に電話を掛けた。僕の知り得る中で一番頼り(たよ)になる人だからだ。

K教授もショックを受けたようだったが、電話口で僕が号泣していたからだろう、はっきりとは分からなかった。

教授はあらゆる手を尽(つ)くして同じような症例を当たってくれたが、そのどれもが悲劇的な結末だった。

それから教授は、この認知障害の特徴として、まず一番近しい人間から認知ができなくなっていくことがあると言った。

それはおそらく僕だろうと思った。妻に兄弟姉妹はいないし、両親は彼女が大学生のころにそれぞれ病気と交通事故で亡くなっていた。

そして僕は、妻に嘘(うそ)をつくことにした。

幸い彼女は事故のことを何も覚えていない。僕は彼女を絶望させたくなかった。とりあえず僕が透明になることにして、これから一年をかけてゆっくり解決策を探っていけばいい。そう、考えたのだ。

どこかの時点では、彼女に真実を告げなければならないだろう。

でもその時が来るまで、仮初(かりそ)めでもなんでも、妻には何も知らないでいてほしかった。

おかげでこの一年間は、僕の人生の中で最も穏やかで最も幸せな日々だった。妻にとってもそうであったことを祈(いの)っている。

後悔(こうかい)はしていないが、涙が止まらない。

なぜなら今日から彼女は、僕の手の決して届かない場所に行ってしまうからだ。

これから妻にとって、周りの人間はどんどん透明になっていく。一年を超えてまだ認知ができていること自体が奇跡(きせき)なのだ。

今後透明化のスピードはますます速まり、妻に何が起こるか、彼女がどうなるのかなんて誰にも分からない。だから隔離される。

Ｋ教授が僕の肩を優しく抱いて慰める。

違う、僕は慰められるようなことは何もできていない。ただ妻にとって残酷な真実の宣告を今日まで先延ばしにしただけだ。

もう僕にできることは殆どない。

モニターかガラスの向こうにいる彼女に、決して届かない言葉を投げかけるくらいしか。

それでも、すべてが透明になっていく世界の中でもしも許されるのならば、僕はこれ以上ないほどの愛を込めて彼女を抱きしめて、あの日の彼女のようにこう言おう。

――大丈夫。君はひとりじゃない。

それに、君が世界から消えてしまっても僕の世界から君は消えないのだから。

［ 5分後に驚愕のどんでん返し ］

Hand picked 5 minute short,
Literary gems to move and inspire you

5秒マン

神谷信二

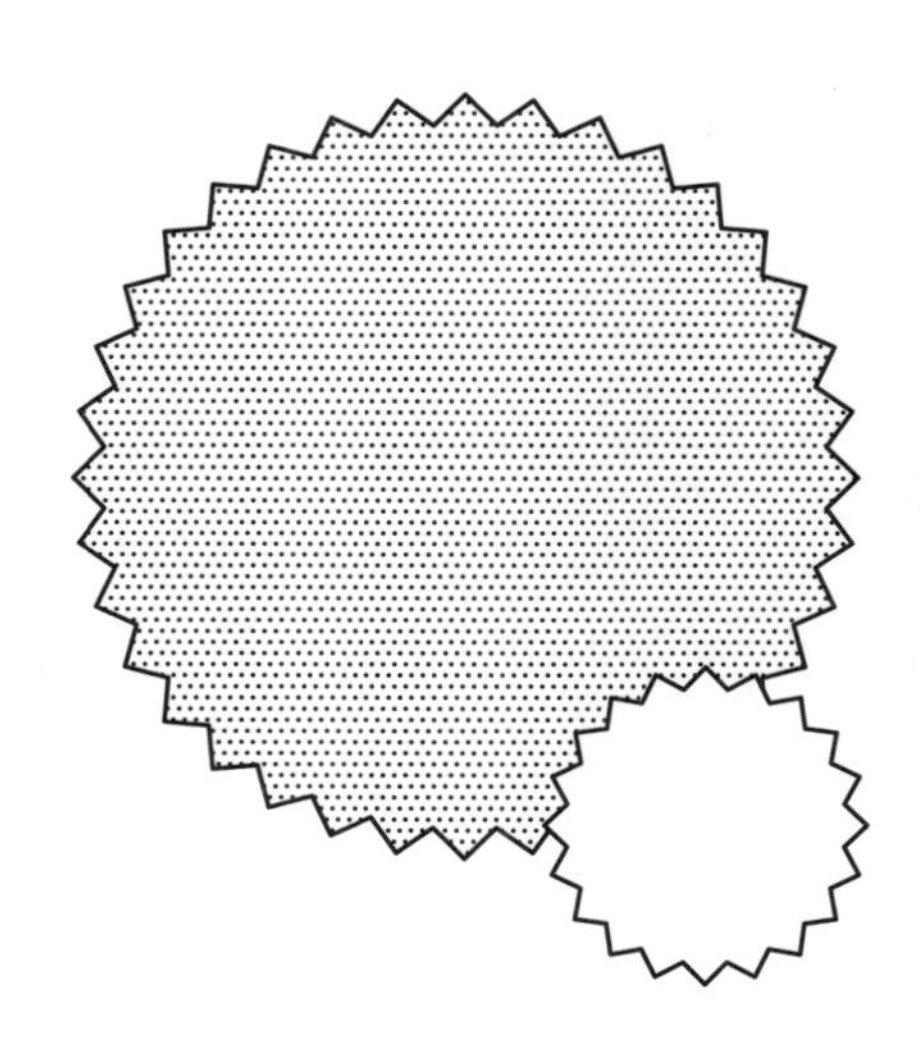

俺は時間を戻すことができる……ただし、五秒だけしか戻せない。

俺は大手出版会社で働く後醍醐隆二三十二歳。社内では古風な名前のせいか【天皇】と呼ばれている。

現在、経理部の神田川かぐや二十五歳と絶賛不倫中だ。彼女は容姿端麗なこともあってか、社内では【姫】と呼ばれている。

五秒しか戻せないと聞いて、『意味があるのか？』と思っただろう。

しかし、五秒あれば未来を変えることができるんだ。

それを、今からお見せしよう。

――――いつからだろう。

食事へ誘う合図がボールペンの頭を五回ノックすることになったのは。

かぐやは猫のような眼差しを俺に向け、今日も五回ノックする。

たまに四回だけノックをして悪戯な顔で微笑むこともあるが、今日は確実に五回ノックをした。

俺は溜まっている仕事を片付け、上司に日報を提出する。

「なんだ、今日はやけに早いな」

「はい、たまには家族サービスをしようと思いまして」

「そうか、さすが天皇だな。お前ら夫婦はほんと仲がいいよな！　毎日愛妻弁当だし……」

上司が部下のことを天皇と呼ぶという訳の解らない会話の後、上司は鼻がむず痒くなったのか俺の顔に向かって盛大なクシャミをした。

「ぶえっくしょん！」

飛んでくる鼻水飛沫を避けることはできず、俺の顔は粘り気のある液体で埋め尽くされる。

その瞬間、俺はポケットに入れている懐中時計の蓋を指で弾くように開いた。

周囲の景色が五秒だけ巻き戻しされて切り替わる。

「そうか、さすが天皇だな。お前ら夫婦はほんと仲がいいよな！　毎日愛妻弁当だし……」

この後だ。

俺は即座に上司の右側に回り込み、机の上に置かれているティッシュを数枚引き抜いて上司の鼻と口を覆うように差し出す。

「ぶえっくしょん！」

鼻水飛沫は見事、ティッシュの中へ吸収されていった。

「おぉ……天皇、お前気が利くじゃないか！　流石だな！」

「いえ、それじゃあ僕はこれで失礼します……」

そう言って頭を下げた俺は、三十分早く退社したかぐやの待つ喫茶店へ向かった。

喫茶店へ向かいながら、懐中時計を手に入れた日のことを思い出す――。

五年前、仕事に就いて間もない俺は取引先へ向かう際、道に迷ってしまう。

「完全に遅刻だ……」

腕時計を見ながら大きく溜息をつき肩を落としていると、歯が二本しか生えていない黒い頭巾を被ったいかにもな老婆が、路地裏で手招きしていることに気付いた。

絶対に毒林檎を食わされると思ったのも束の間、老婆は考えられないスピードで俺の前まで走ってくる。

「あんた……過去へ戻りたいと思ったことはないか？」

見た目通りにファンタジーなことを聞いてくる老婆だと思いながら言葉を詰まらせていると、老婆は金色に輝く懐中時計を差し出してきた。

「な、なんですか？　コレは……」

「コレは時間を戻すことのできる懐中時計……。蓋を開くだけで、未来を変えることができる。信じるか信じないかは、あんた次第だよ」

都市伝説的な発言を最後に、老婆は俺の手の中に懐中時計を押し込むように握らせて去っていく。

俺は戸惑いながら、懐中時計の蓋をゆっくり開いてみた。

その瞬間、走り去っていったはずの老婆がバックステップで戻ってきて俺の顔を見つめる。

「信じるか信じないかは、あんた次第だよ」

そう言って去ろうとしている老婆の腕を掴(つか)む。

「ちょっと待って！　なんだよコレ……時間を戻すって、数秒しか戻ってないぞ?」

「なんだ、早速使ったのかい。コレはね、五秒だけ過去に戻すことのできる懐中時計だ。使い方次第で、あんたの未来は大きく変わる」

その言葉を最後に、老婆は再び走って消えていった。

この懐中時計を使ったところで、取引先との約束の時間までは戻せない。

意味のないアイテムだと思いながら、俺はズボンのポケットに懐中時計をしまった。

——あれから五年。

使い方次第で未来が変わると言った老婆の言葉通りに、俺は仕事で成功し、愛人まで手に入れることができた。

課長という役職も今年に入って手に入れた。

お陰で、『天皇課長』と意味の解らない呼び方をする社員も増えたが、それはそれでいい。ただ、課長よりも天皇のほうが確実に役職が上だということだけが欠点な呼び方だ。

浮気に関しては、妻にバレていない。毎日の言動を見る限り、妻は俺に対して疑っている気配は全く見せない。

妻と会話をしていて面倒な話題を妻が切り出してくるたびに時間を戻し、会話内容を修正している。

家事育児の手伝いも怠ることなくやっている俺は、妻に疑われる要素などどこにもないのだ。

かぐやとこうやって夜に会うのも二週間に一回程度。

絶対にバレることはない。

そう思いながら喫茶店に入った俺の目に、かぐやと一緒に座っている妻の顔が飛び込んでくる。

妻と目が合った瞬間、俺は勢いよく懐中時計を開いた。

五秒前に戻った俺の目に喫茶店の入り口が見える。扉を開いてすぐに時間を戻したお陰で、妻と顔を合わせる前に戻れて良かった。

ただ、なぜ妻があの場に居る？

娘の妹子が居ないのも気になるが、かぐやのすぐ隣に座っているのが一番の謎だ。

もしかしたら、かぐやは妻に初めから仕込まれていた女だったのだろうか。かぐやとの浮気現場を激写した写真をテーブルに並べ、俺に慰謝料を要求しつつ、離婚話を切り出すのだろうか。

ここで考え込んでいても仕方がない。

喫茶店の前で立ち尽くして考え込んでいた俺は懐中時計をグッと握り、店内へ入っていく。相変わらず、妻は大仏のように感情の読めない顔でかぐやの隣に座っている。

深呼吸をしながら動揺する心を必死に抑え込み、並んで腰を下ろしている妻とかぐやに向かい合う形で椅子に座った。

「おぉ、なんでママが居るんだ？　今日は神田川さんと来年の出版企画の打ち合わせがあるからここに来たんだが？」

その問い掛けをした瞬間、妻の眼つきが変わる。直後、すぐ隣で同じような眼をしているかぐやが口を開いた。

「天皇、正直に言ったらどう？　私たちの関係……」


ヤバい、やはりグルだった。

危険を察知した俺は即座に懐中時計を開く。


「おぉ……なんで」

そこまで言っている途中の状態に戻った俺は、口を閉ざして二人の出方を窺う。

「あなた……今日は会議で遅くなるって言ってたわよね？」

「あぁ、その会議を今からするところだ。そ、そんなことより妹子はどうした？」

「遣隋使（保育所）に預けてます」

無理やり話を逸らそうとしていると、かぐやがカバンから数枚の写真を取り出してきた。


出た。

そう思った俺は再び懐中時計を開く。


「遣隋使（保育所）に預けてます」

妻がその言葉を言い終えると同時に、俺はかぐやのカバンを奪い取って喫茶店を飛び出した。傍から見たら完全に強盗だ。

証拠を隠滅するしかない。

喫茶店を飛び出し路地裏に入った俺は、カバンをひっくり返して中身を確認する。

今すぐにでも写真を破り捨てて燃やさないといけない。そう思いながら、コンクリートの上に落ちた化粧ポーチの中や文庫本の隙間を確認するが、どこにも写真が存在していないことに気付く。

その時、急に暗くなったと思いながら斜め上を見上げると、かぐやと妻が不敵な笑みで見下ろしていた。恐怖しかないこの状況に、俺の脚が生まれ立ての小鹿のように震え出す。

五秒以上呆然としていた俺は、今から懐中時計を開いても逃げられないことに気付く。

俺が懐中時計に震える手を添えたまま固まっていると、かぐやがスカートのポケットから数枚の写真を取り出してきた。

「天皇課長、探し物はコレですか？」

「ど、どうしてそれを……」

俺が青ざめた顔で固まっていると、続けて銀色の懐中時計を俺の目の前に突き付けた。俺の持っている懐中時計とは色が違うだけで完全に同じ造りだ。

「この懐中時計……蓋を開くだけで時間を戻すことができるんですよね。まぁ……

五分だけですけど」

かぐやは悪魔のように微笑みながらそう告げると、写真を紙吹雪のように空中へ放り投げた。コンクリートに向かって落ちていく写真には、俺とかぐやがホテルへ入っていく様子や路上でキスをしている様子が収められている。

俺はその写真を狂ったようにかき集め、ビリビリに破り始める。

「そんなことしても無駄ですよ？　データは私の家にありますから」

かぐやはそう言って妻とバトンタッチするように後ろに一歩下がった。

代わりに一歩前に出た妻は、淡々とした口調で喋りはじめる。

「色々頑張ってみたけど、やっぱりあなたの性格は変えられなかったわね。浮気をする男はどう頑張っても浮気をするみたい。今まで馬鹿な振りをしていてごめんなさい」

妻はそう言ってカバンから漆黒の懐中時計を取り出した。これも俺の持っている懐中時計と同じ造りだ。

「この懐中時計はね、時間を五年戻せるの。これを開くだけで、あなたがかぐやさんと出逢(であ)う前に戻ることができる。あなたがかぐやさんを口説く前に、かぐやさんにこのことを説明したら、すぐに私の味方になってくれたわ。今日までトリップしたのは計三回。三度目の正直と思ったけど、残念だったわ」

妻はそう言って漆黒の懐中時計をカバンにしまう。

「おい……その懐中時計を開いて時間を戻してくれ！　戻してくれたら絶対に浮気はしない！　だから……」

「いいえ、この懐中時計はもう二度と開かない。仏の顔も……三度まで」

妻はそう言いながら、懐中時計の代わりに離婚届を取り出し、俺の額に人差し指でグッと押し付けた。

五秒戻してすべて思い通りになっていると思い込んでいた自分の過去を振り返り、思わず笑いが込み上げる。

俺は馬鹿みたいにヘラヘラ笑いながら離婚届を破ってボールのように丸め、疲弊(ひへい)しきった顔で立ち上がった。

「あなたがクシャクシャにするのは解っていた。離婚届は自宅のポストに入ってるから、帰ったらサインして私の実家に送り返して」

「ハハハ……だと思ったよ」

俺はそう言って二人に背を向け離れていく。

老婆に与えられた力を使って創り上げた自分勝手な未来は、更に強大な力によって変えられていたらしい。

手の上で踊らされていた自分自身を鼻で笑いながら、俺は夜の街へ消えた。

［ 5分後に驚愕のどんでん返し ］

Hand picked 5 minute short,
Literary gems to move and inspire you

橋

咲月和香

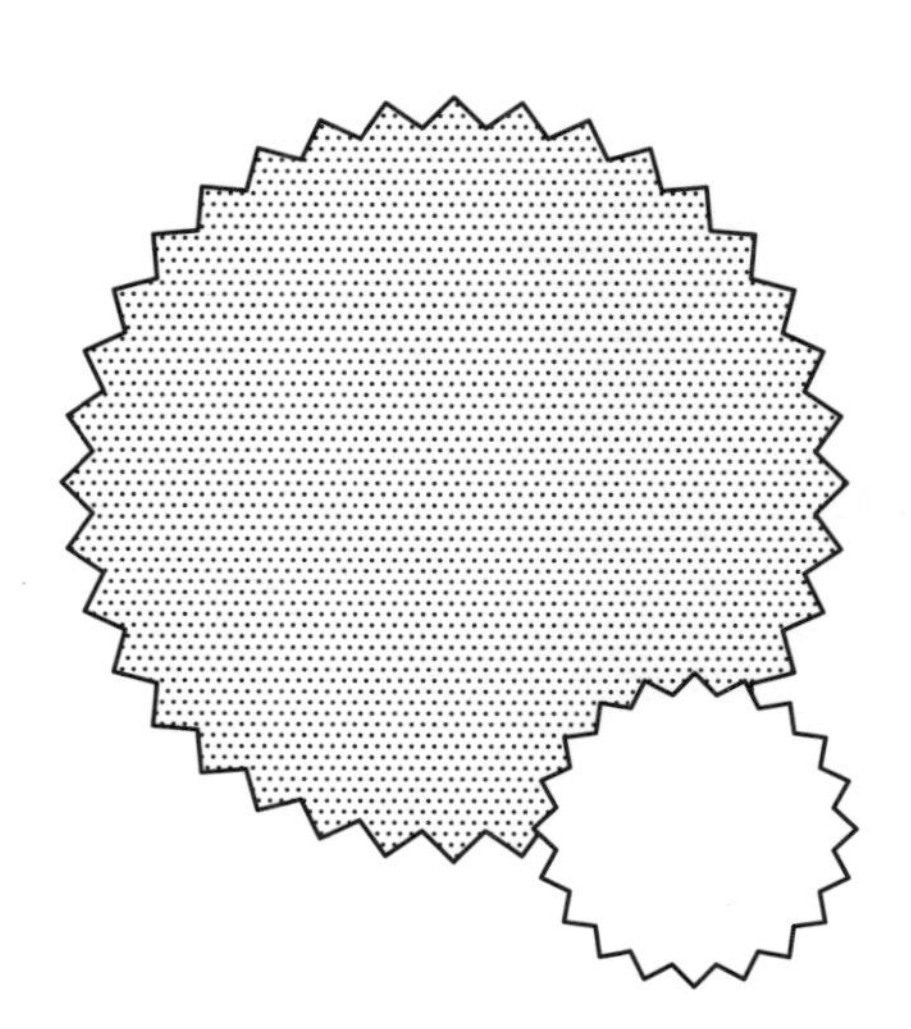

空一面が茜(あかね)色に染まる、見事な夕焼けだった。

オレンジ色の太陽が湖面に反射して、波がきらきらと眩(まばゆ)く照り映えている。

まるで観光地で売られている絵葉書のようだ。

あまりに美しすぎて、どこか現実離れして見える。

飽(あ)きずにじっと眺(なが)めていると、物悲しいような切ないような気にさえなってくる。

湖畔から突き出した桟橋(さんばし)の先端(せんたん)に立って、俺はその夕陽を眺めていた。

だがこの世のものとは思えないほど美しい光景を目にすると、人は時として非常に不安定な心持ちになるらしい。

何か大切なことを忘れてしまって、もう少しで思い出せそうなのにどうしても思い出せない。

ふとそんなもどかしさに囚(とら)われ、俺は俄(にわ)かに苛立(いらだ)ちを覚えた。

オレンジ色の太陽が、その苛立たしさに拍車(はくしゃ)を掛(か)ける。

くそっ、何なんだよ。

舌打ちと同時に、バシッと何かが爆ぜるような音がして桟橋が小さく揺れた。

誰かいるのかと振り返った視線の先に、ひとりの若い女性が立っていた。

長い黒髪をひとつに束ね、喪服のような黒いワンピースを着てまっすぐにこちらを見ている。

いつからいたんだろうと不思議に思っていると、彼女がこちらに訝しげな視線を投げかけてきた。

「あ、えーと、コンニチハ。じゃなくて、きれいな夕焼けですね！」

初対面の人は苦手だけど、目が合っておきながら無視するのも失礼な話だ。

しかも相手は結構俺好みの、つぶらな瞳とぷっくりした唇がかわいい小柄な女性。

若干ドギマギしながら精一杯の笑みを浮かべて話しかけると、なぜか彼女は大きく目を見開き、酷く驚いた顔で一歩後ずさった。

「あなた……、私が見えてるの⁉」

「は⁉」

思わず素(す)っ頓狂(とんきょう)な声が漏(も)れる。

見えてるかって、何を言ってるんだろう、この人は。

もしかしてあれか、ちょっとイッちゃってる人か。

あー、それとも、まさか。

俺はさり気なく視線を動かして彼女の足元を見た。

よかった、足はある。

幽霊(ゆうれい)じゃない。

こんな夕暮れ、湖の桟橋にひとりぼっちだなんて、ちょっと怪(あや)しいじゃないか。

自殺した若い女性の幽霊かも、と思ったとしても俺が特別怖(こわ)がりってことにはならないと思う。

「あなた、ここで何してるの?」

と彼女は言った。

抑揚(よくよう)のない声。

そして声以上に、目が冷たい。

せっかくかわいい顔をしてるんだから、もっと愛想(あいそ)よくすれば絶対モテると思うのにもったいない。

「何って、夕陽がきれいだから眺めてたんだけど」

「そう。夕陽が」

「何だか吸い込(こ)まれそうだなー、なんて」

「吸い込まれそう?」

そう言って、彼女は初めて少しだけ微笑(ほほえ)んだ。

ほらやっぱり、笑うとかわいい。

「君こそ、何してんの?」

「私? 私はね、道が繋(つな)がるのを待ってるの」

「……は!?」

はい、出ました、今日二回目の素っ頓狂な声。

やっぱりちょっとイタい系か。

もったいないけど、あんまり関わりあいにならないほうがよさそうだ。

「そうなんだ。繋がるといいね、道」

俺は当たり障りのない返事と笑みを返し、その場を去ろうとした。

のに。


「私の夫、ここで亡くなったの」

彼女のセリフに思わず反応して、動きを止めてしまった。

「夫？」

「そう。ちょうど今、あなたが立ってる場所。泳げないのに、そこから落ちて溺(おぼ)れたの」

「へ、へぇ」

結婚(けっこん)してたのか、とガッカリしたのは一瞬(いっしゅん)だった。

おっかなびっくり桟橋から首だけ出して覗(のぞ)き込むと、湖の底は思った以上に昏(くら)くてゾッとする。

こんなところに落ちたら、泳げる人だって怖くて溺れてしまうんじゃないだろうか。

俺は落ちないようにしよう。

だって俺も、泳げないから。

「ここね、こんな見事な夕焼けの日は、この世とあの世をつなぐ道ができるんですって。道というより、橋かしらね」

彼女の口調は詩でも朗読しているかのようにリアリティがなくて、独り言なのか俺に言っているのかわからない。

「知ってる？　事故で急に死んでしまったり、突然命を奪われてしまった魂は、自分が死んだことに気がつかない。だからあの世への行き方もわからない。彷徨っているうちに自分が誰だったのか、誰を愛していたのか、そんなことを全部忘れてしまって、何も見ず何も感じず、ただ自分が死んだ場所に取り付く存在になるの」

「それって、地縛霊とかいうやつかな」

ついうっかり、話に乗っかってしまった。

こういう手合いは、刺激しないようニッコリ笑って無視するに限るっていうのに。

「そう。そんな成仏できない魂が、安らかに彼岸へ渡るための橋。それが、これよ」

彼女の腕がゆっくり上がって、俺の背後の湖を指さす。

見るな。

見ちゃいけない。

心はそう叫んでいるのに、俺は不可視の力に操られるかのように振り向いてしまった。

湖の彼方に今まさに落ちようとしている、大きな太陽。

その沈む夕陽を映し出す湖面に、ゆらゆらとオレンジ色の道ができていた。

太陽の光を反射して道のように見えていた、あの光の筋が本当に道になっていたのだ。

これが、彼岸へと続く橋？

ゾクッとして、俺は辺りを見回した。

橋を渡ろうとして、どこからか地縛霊とやらが今しもゾンビのように集まってくるのではないかと思ったからだ。

けど、誰もいない。

そりゃそうか。

現実にそんなことがあるわけない。

彼女は自称霊能力者か、でなければタチの悪いイタズラ好きの変わり者だ。

「ねぇ、あなた」

彼女が一歩、俺に近づいた。

「私、これからも強く生きていくわ」

また一歩。

「あなたのおかげよ。感謝してる。ありがとう」

そしてまた、一歩。

彼女は確実に俺に近づいてくる。

何だろう、この胸騒ぎ。

俺は思わず、後ずさろうとした。

が、できなかった。

桟橋のギリギリ一番端、これ以上後ろがない角に立っていたのだ。

「だからあなたは、もう行かなくちゃいけない」

「え、行くってどこへ?」

無理やり笑顔を作って、できるだけ何でもないことのように問いかける。

すると彼女は、キッと口を真一文字に引き結んだ。

そして両手を付き出して、俺の胸を力いっぱい押したのだ。

落ちる!!!

バランスを崩した俺は、踏みとどまれずに湖に落ちるしかない。

と、思った。

ところが実際は、そうはならなかった。

俺は水に沈むことなく、湖面に立っていた。

そう、オレンジ色の橋の上に立っていたのだ。

驚いた俺は、しかしすぐに違和感を感じなくなった。

最初からここに立つのが当たり前だったような気がする。

何だろう、ものすごく心が安らぐ。

忘れていたもの、思い出そうと焦(あせ)っていたもの、すべてがどうでもよくなってくる。

この道をまっすぐ、どこまでも歩いていこうか。

そうしたら、どこへ辿(たど)り着けるんだろう。

彼女の言う『彼岸』とやらへ行けるのだろうか。

あれ、ちょっと待てよ？

ということは、それってもしかして……。

「この橋を渡れるチャンスは一度きり。さぁ、行くのよ」

俯(うつむ)いた彼女の肩(かた)が震(ふる)えていた。

ああ、思い出した。

俺はここで溺れたんだ。

新婚の妻と旅行に来て、ここでふざけていた時に足を踏み外して湖に落ちて。

繋いでいた手は、あっさり離れた。

助けてくれと差し出す俺の腕を、彼女は取ろうともしなかった。

水中から見上げた揺らめく彼女は背を向けて、そして振り返らずに立ち去った。

その肩は、微かに震えていたっけ。

あの時俺は、足を踏み外しただけだったのか？

後ろから、背中を押されたんじゃなかったのか？

「君は……」


確かめたい。

あれは本当に事故だったのか。

それとも君が。

でも足が言うことをきかない。

まるで吸い寄せられるように、勝手に橋の向こうへと歩き出す。

待て、待ってくれ。

まだ聞きたいことがあるんだ。

無理やり首をねじ曲げ振り向いた俺の目の前で、彼女がパッと顔を上げる。

泣いてはいなかった。

震える肩は、笑いを堪えるためだったのだ。

「さぁ、これでいいわ！　迷わず成仏なさいね。あなたの遺産は、ちゃんと私が使ってあげるから。本当に感謝してるのよ、あんなにたくさん遺してくれて。ありがとう、じゃあね！」

君は今度もまたそうやって、俺に背を向けるのか。

振り返らずに、立ち去るのか。


――舐めるなよ。


俺は渾身の力を込め、立ち止まろうと足掻いた。

足は勝手に進もうとする。

体は何とか戻ろうとする。

何かが引きちぎれるような感覚。

構うものか。
俺はまだ、彼女に用がある。
気がつけば、俺の足だけが橋を渡っていく。
足を失くした俺は風のように彼女のもとに辿り着き、その手をそっと握(にぎ)る。
振り向いた彼女の顔が、恐怖(きょうふ)に凍(こお)りつく。

『さぁ、ゆっくり話をしようか』

［ 5分後に驚愕のどんでん返し ］

Hand picked 5 minute short,
Literary gems to move and inspire you

中毒

かづは

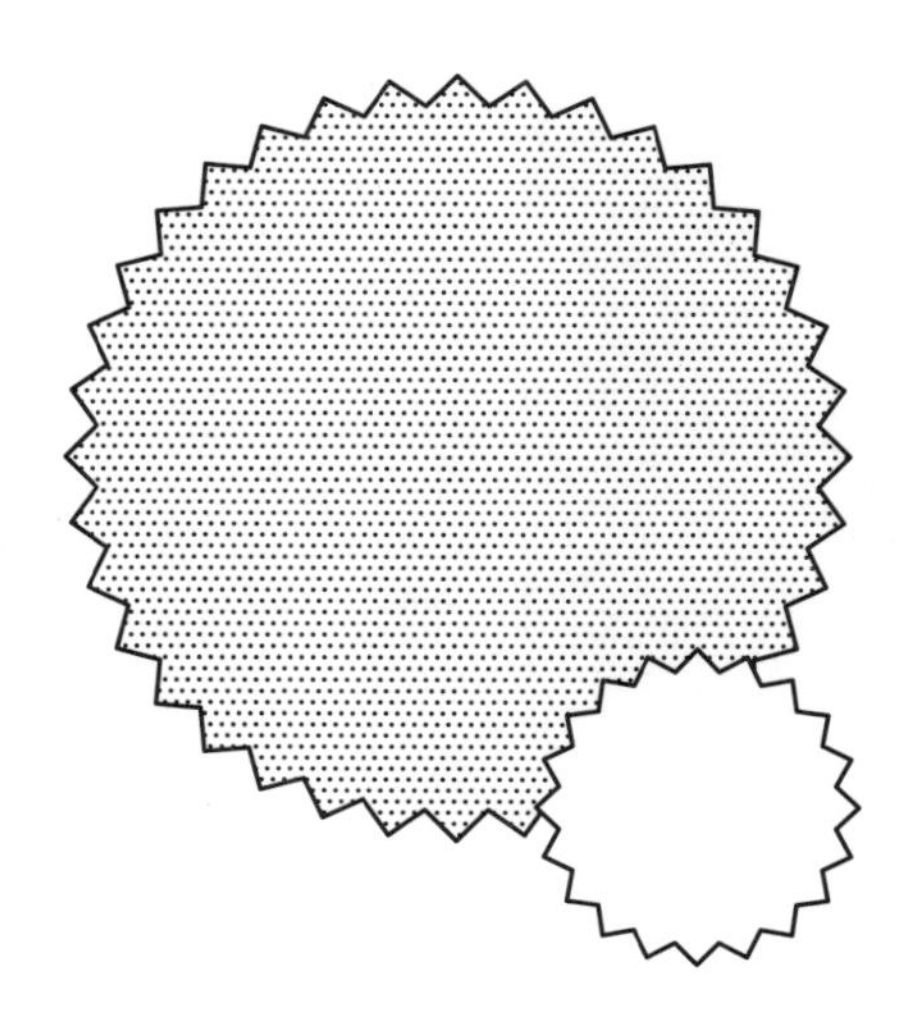

「あなた、ご飯よ。運ぶの手伝って？」

「ああ、もちろんだよ。いい匂いだね……今夜はなに？」

結婚して十年……

僕たちは近所でも評判の、仲のいい夫婦だ。

特に僕が夢中でね、妻から離れられないんだ。


あれは、もう何年前だろう。

高校で同じクラスだった僕たちは、彼女からの告白で付き合うようになったんだ。彼女は美人で優しくて、面白いコだったから……皆僕をうらやんだし、僕も彼女が自慢だった。

でも……長く付き合えば、いろいろあるものだ。

僕にも、そんな過ちがあった……。

就職して三年目の頃だったか……僕は彼女を裏切って、ある女に現を抜かしていた。

その女というのは、化粧も服装も派手で……

性格はきついのに、どこか被虐を好むところがあって……

いわゆるMっ気の強い女で、容姿のよさ以外は、彼女とは似ても似つかなかった。

だが、それがよかったのだ。

彼女とは違う言葉づかいや価値観、性癖に至るまで……全てが魅力的だった。

もちろん、彼女のことは好きだった。

けれど、あの時の僕には……

なんにでも長けて、誰から見ても僕には過ぎた恋人であった彼女が、少しだけ疎ましく……何年か続いていた関係が、退屈に思えて仕方なかったんだ。

そんな時に現れた〝あの女〟に、はまるのなんてすぐだった。


「なあ、今月苦しいんだよ。ホテル代もったいないから、おまえの部屋行こうよ」

「嫌よ！　だったらあんたの部屋でいいじゃない」

あの女は、絶対に自分の部屋に僕を入れなかった。

それどころか、住所も、最寄りの駅すら教えてはくれなかった。

一方、僕の部屋はというと……

「馬鹿（ばか）なこと言うなよ、家には……」

「彼女が居るもんねー」

そう、僕は彼女と同棲（どうせい）していた。

だから、あの女と会うにはホテル代が必要で……

僕は自由になる金のほとんどを、それに使ってしまっていた。

「あたしの家にだって、待ってる人が居るの。今日は私が払（はら）うから……ホテル行こ？　ね？」

僕はこの時、あの女にも恋人が居ることを初めて知った。

お互（たが）いに遊びだったし、僕が言えた義理ではないのだが、なにも知らされていなかったことに腹が立って……その日は、うんとヒドくしてやった。

もっとも、あの女は喜んでいたけれど。

しかしまあ……僕という男は勝手だ。

あの女に男が居るとわかってから、独り占めしたくて堪らないのだ。

僕は頻繁に女を呼び出し、夜遅くまで家を空けることが多くなった。

彼女には〝仕事が忙しくて……〟と時々弱音を吐いておいた。

僕を信じきっている彼女は、心配はしても、疑うことなどないだろう。

……信じきっていたのは、僕のほうだったのかもしれないがね。


「ただいま」

「おかえりなさい！　今日もお疲れ様」

夜中だというのに、彼女は起きて待っていてくれる。

僕はこれがうざったい。

自分にうしろめたいところがあるからかもしれないが。

以前は嬉しかったはずの、この〝よくできた〟感じが……どうしようもなく嫌になっていた。

「ご飯は？」

「ごめん、済ませてきちゃった」

「そっか……」

「シャワー浴びて、もう寝るよ」

「うん、わかった」

そうだ、この感じが嫌なんだ。

ああ、本当につまらない。

僕は、彼女への不満をあの女にぶつけるようになった。

何時間も悪口を言ったり、加虐的に体を重ねたりして。


「もう別れたらいいじゃない」

あの女は、いつも絶妙なタイミングで動く。

出会った時もそうだった。

〝退屈そうね〟って声を掛けられて。

その通りだった僕は、すぐに誘いに乗った。

そして今も……

「そんなに嫌なら、別れちゃえばいいじゃない」

「そう簡単に言うなよ。高校の時から付き合ってるんだぞ?」

「……だから……なに?」

「なにって……」

女の言葉はいつもきつい感じだったが、この日は特にそう思った。

「なに、おまえ……機嫌悪いの?」

「別に……」

女は、やっぱり機嫌が悪かった。

「あたし、今日は帰るわ」

「え? あ……ちょっと! ……なんだよ」

ワケがわからないまま肩透かしを食った僕は……その日、久々に早く帰った。

「あ、おかえりなさい！　今日はね、新しいメニューに挑戦したの！」

あの女と違って、なぜか機嫌のいい彼女が、いつもより手間の掛かった料理を作って待っていた。

まるで、今日は早く帰るのを知っていたんじゃないかって気がして……

その笑顔に、ますます腹が立った。

「ごめん……食欲ないんだ」

……別れたい……心からそう思った夜だった。


そうなれば、僕の気持ちが向くのはあの女一人だ。

次の日、早速女を呼び出した僕は、コトの後にこう言った。

「彼女と別れることにしたから」って。

「本当にそんなことできるの？　あんたには別れ話も切り出せない気がするんだけど」

女は笑ったけれど、僕はなにも言い返せなかった。

確かに、うまくやれる自信がなかったからだ。

「ベッドの中では、あんなに強気なのにね……」

女の顔が目の前に来て、にやりとする。

そして、抱きつきながら囁いたんだ。

「殺しちゃえば?」

恐ろしい言葉に飛び退きながら身を離すと、女はくすくすと笑って続けた。

「あたしもね、彼氏と別れたくてさ。

あの人ね……自分は浮気してるくせに、あたしには〝品行方正〟を求めてくるの。

それなのに退屈そうな顔しちゃってさ! 頭に来るったらないのよね」

「……はっ。おまえが……品行方正?」

こんな状況でも、本音は漏れてしまうものなんだな。

「失礼ね。〝だから〟外ではこんな格好してるのよ。

家に居る時は喋り方どころか、声まで違うわ。

こうでもしないと……頭がおかしくなりそうなの」

女の表情は、微塵も嘘を含んでいないように見える。

「おまえの〝しおらしい〟ところか……見てみたいもんだな」

少し話をしたせいだろうか……落ち着いてきた僕の顔が緩む。

「いいわよ……見たら死ぬほど驚くんだから」

そう言って女はまた僕に抱きつくと、今度は逃げられないように、腕で首を締め付けるみたいにして自由を奪った。

そして、子供をあやすように言うんだ。

「だから……ね？」


この女は、本気だ……

僕はカラカラの喉に、幾何かの唾液を呑み込んでみたが、なんの足しにもならなかった。

僕はもう……女の言いなりだった。

ふらふらとさ迷う僕の上着のポケットには、〝毒〟が入っている。

小さな紙に包まれた、よくわからない粉……それを、僕と女で一つずつ。

「おいおい、こんなの……どうやって手に入れたんだよ」

「まあ、いいじゃない。それより……ちゃんと仲良くするのよ？　彼女と」

女は僕に、〝まずは毎日家に帰って、彼女と食事をし、寝ろ〟と言った。

「なんでそんなこと……」

嫌がる僕を、女は見事に説き伏せた。

「そうしないで、いつ彼女に毒を盛れるっていうの？

今のあなたじゃ、何をすすめても〝どうして急に〟って疑われてしまうわ。

あたしと出会ってから彼女を蔑ろにした分くらいは、尽くしてあげることね。

そして……安心して飲み干してもらわないと」

僕はただ頷くと、逃げるようにホテルを出た。

そして今、こうやって街を歩き回っているんだ。

彼女を殺すだって？

……時間が経てば経つほど、その恐ろしさが込み上げてくる。

そんなの、できるわけない……

あいつだって、本当に自分の男を殺すかわからないじゃないか。

やるにしたって、あっちが先だ……そうでなければ……そうでなければ……


それからの僕は、〝いい彼氏〟だったと思う。

定時に帰り、一緒に食事をして……同じ布団で……

こうしておけば、どう転んでも僕は安泰だ。

その時が来たらやることもできるし、来なければ……このまま、彼女との関係を続けることもできる。

僕に損はないのだ。

もううんざりだと思っていた日々が、こうしてみると悪くない。

だが、それは〝終わり〟があるからだと女が言えば、そうかもしれないな……と思った。

……その時は、近付いていた。

仕事をさぼって待ち合わせたランチタイムのレストランで、女はビールを片手に宣言する。

「今日、やるわね」

「き……今日……？」

突然(とつぜん)のことに返事もおぼつかない僕に、女は身を乗り出して言った。

「そう、今日……今夜。

夕食は腕によりをかけて作るわ。彼とあたしの、最後の晩餐(ばんさん)だから」

「そうか……うん、そうだな」

嬉しそうな女の横で、僕は酔(よ)えもしないのにノンアルコールビールを何度もあおる。

……と、女がこう申し出た。

「あたしがやったら、連絡(れんらく)してあげようか？」

「え？」

「あたしが先にやらないと……あんた、やれないでしょ？」

女の、全てを見透かしたような言い方は、虚栄心をくすぐり、拒否を許さない。

「……ああ、たのむよ」


……僕は今日、彼女を殺すことになった。


「ただいま」

「おかえりなさい！　今日もお疲れ様」

こちらの緊張をよそに、いつもと変わりない出迎えの後、彼女がこんな質問をしてきた。

「ねえ、今日はなんの日かわかる？」

その言葉に僕は息を呑んだ。

まさかバレてしまったのかと脅えた。

だが、それに続いたのは……もっと残酷なものだった。

「もう！　やっぱり忘れてる。今日は君の誕生日！　でしょ？」

ああ……なんてことだ！

僕はこんな日に……なんて約束を……

「今日はね、お祝いだから……

腕によりをかけてご飯作ったのよ。ケーキも焼いたの！　後で食べようね」

「あ……うん！　ありがとう」

彼女の、この少女みたいな笑顔は、ここのところの僕の努力の賜だ。

それを壊さないようにと、元気を装って答える。

「さ、着替えたら座って座って！」

テーブルの上にはご馳走がならんでいる。どれも、僕の好物ばかりだ。

「お！　おいしそうだね。あ、トマトのスープもある！」

毒を入れるなら、これだろうな。

そう考えながら、低いテーブルの前であぐらをかいた。

「ねえ、携帯（けいたい）……ピカピカしてるよ」

スーツのポケットに入れっぱなしだった、忙（せわ）しなく着信を知らせて光るそれを、彼女がハンカチや小銭入れと一緒に持ってきた。

僕は三着あるスーツを毎日替えて着ているから、家に帰るとすぐに、彼女が小さなトレイにポケットの中身を出して、電話台の横に置いておいてくれるんだ。

僕は、殺したいほど嫌いになった人間に、まだ生活の全てを委ねていたんだと気が付いた。

それもこれも、〃彼女は僕を裏切らない〃……そんな自信と、長年の信頼（しんらい）からだった。

まあ、僕の場合……慢心と言うほうが合っているのかもしれないけれど。

その彼女の手から、あの女の〃報告〃を知らせる携帯を受け取る。

中には、メールが一通……

〃彼のスープにアレを入れたわ。今から二人で食べるところ〃……

ああ、どうしてやってしまったんだ……おまえがやらなければ、僕までしなくて済んだのに！

見れば彼女は台所で、ビールと、真っ白に冷えたグラスを用意している。

……今しかない……もう、やるしかないんだ。

僕は、彼女のスープに毒を入れた。

「おまたせ！　さあ、まずは乾杯しましょ！」

彼女がモコモコと泡を揺らして、ビールのグラスを掲げる。

「お誕生日、おめでとう！」

「ありがとう」

僕たちの、最後の晩餐が始まった。

「ねえ、食べて食べて」

彼女が、自慢の料理をすすめてくれる。

いつも僕が先に食べないと、遠慮して口をつけないからな……

僕は、こんな恐ろしいことは早く終わらせたくて、一番に食べてほしいトマトのスープを勢いよく掻っ込んだ。

……その時だった。

『おいしい？』


聞きなれた声が問い掛ける。

「ねえ、おいしい？」

でもそれは……彼女のものではなかった。

それは……あの女の声だった。

「……どうして……」

目を見開く僕に女は言った。

「言ったでしょ？　今日やるって。

ちゃんとわかるように、全部言ってあげたじゃないの……

そこに付いてる、最低なことばっかり考えてる頭で、思い出してみて？」

〃浮気をしているくせに、品行方正を求める男〃
〃腕によりをかけた、最後の晩餐〃
〃一緒に食べる……毒入りスープ〃

ああ、家を教えられないはずだ……女の家はここなんだから。

そして、殺したい男は……僕だ。

じゃあ……このスープに……?

僕は、それを吐き出そうと台所へ向かおうとしたが、どうにも立ち上がれない。

腰(こし)が抜けてしまったのか、毒が回ってきているのかわからないが、体に力が入らないのだ。

おかしいな……

ドラマやなんかで見る毒殺は、こんなに長いこと掛からない。

その間も、女……いや、彼女は延々と喋り続けた。

「君が私に退屈しているってわかった時、すごく……ショックだったわ。

君の目がいろんな女にいっていることもわかってた。それも、私とは違う派手なコばっかり……

最初はね、君の好みに合わせたくて……メイクや髪型を真似てみたの。

そしたらね……別人みたいなの！

それで、街に出てみたくなって……うんと短いスカートや、高いヒールも買って出掛けたわ。

面白かった！　世界が違うの！

そりゃあ今までだって楽しかったけれど……君が飽きちゃうのも、わかる気がしたの」

そこまで言うと、彼女は僕を膝枕するみたいに寝かせた。

そして、頭を優しく撫でるんだ。

「そんな時だったわ……街で女のコに声を掛けている君を見たの。

君は、いつも好んで見ていた派手なコだけじゃなくて……

私に似た感じのコにも、関係なく声を掛けていた……

それって、〃私以外〃なら誰でもいいってことだと思ったわ。

君は、〃私自身〃が嫌いになったんだって。だからね……」

彼女は僕の顔に覆(おお)い被さるようにすると、息のかかる近さで言った。

「〃私〃が、君の浮気相手になろうと思ったの」


「……っ」

「……それから、これね」

なにも答えられない僕に、彼女は笑い掛ける。

と突然、自らの黒髪に手をやって、ずるりと引き剝(は)がした。

「これ、ウィッグなの。

最初はね、君に呼び出される度に茶色のを着けていたんだけれど……

ほら、君って〃よその女〃とのアノ時、髪を引っ張るでしょ。

だんだん酷くなるから、いつバレるかって、ひやひやだったわ。私との時はあんなに優しいのにね。だから、こうして地毛のほうを染めたの。髪が傷んじゃった」

そう言って見慣れた明るい色のロングヘアを僕の顔に垂らすと、それを掻き分けるようにして、また優しく撫でてくる。

「あ……あ……」

謝ろうと声を出してみるが、言葉にならず、涙ばかりが流れていく。

「いいのよ、謝らなくて。謝ったくらいでどうにかなると思う？　〝私〟に飽きて、〝あたし〟と浮気したことにも気付かないばかりか、溜まった鬱憤を女の体に乱暴にぶつけて……あげくのはてに……〝私〟を殺そうとするなんてね」

それは……おまえが言い出したことじゃないか……おまえだって僕を殺そうと……

ああ、なにも考えられなくなってきた……もう、終わりなのかな……

意識が遠退いていくのを、彼女の撫でる手が後押しする。

もうダメだ……

必死に目を開けていようとする僕を見て微笑む彼女に、恨み言の一つも言えないなんて。

そんな中、耳に届いたのは、こんな言葉だった。


「ねえ、死ぬほど驚いた？」


……僕は、落ちるように眠った。

ただの澱粉一つまみと、彼女が仕組んだ恐怖で。


そんなもので、こんなことが起きるだろうか。

起きるんだよ、こんなふうにね。

偽薬効果……

それが薬だと思い込むことで、治療効果を期待できる……なんてことがあるんだって。

「プラシーボ効果っていうんですって」


あとで彼女がスープを飲みながら教えてくれた。

僕が、あの粉を入れたスープをだ。

「おいしい」

そう言って満面で笑んだ彼女は、とても綺麗だった。


あれから十年。

僕たちは近所でも評判の、仲のいい夫婦だ。

特に僕が夢中でね、妻から離れられないんだ。

だって妻は……言葉一つで、僕をどうにでもしてくれるんだから。

[5分後に驚愕のどんでん返し]

Hand picked 5 minute short,
Literary gems to move and inspire you

隣家（りんか）の秘密

たろまろ

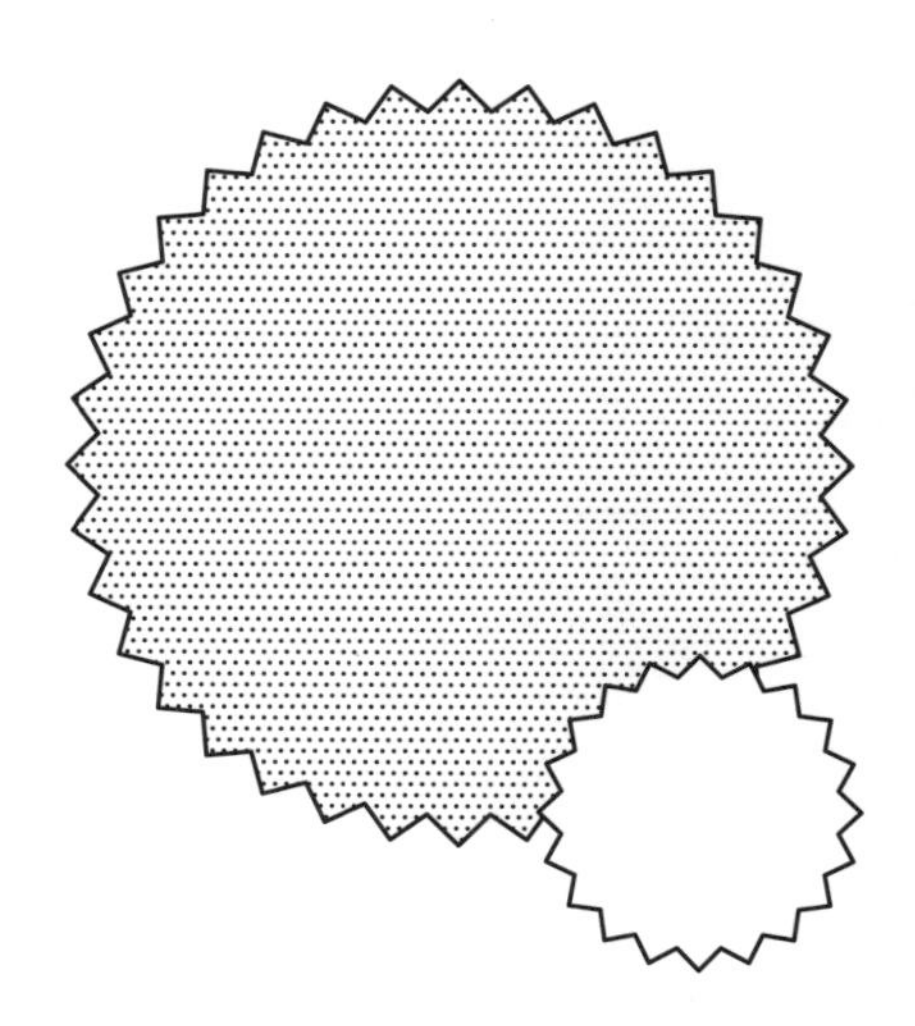

俺は一軒家に暮らしている。

大昔は家族四人で暮らしていたが、母が病死して、直ぐに父が認知症になってしまった。まだ若かったのに。よほど母が死んだのがショックだったんだろう。

ショートステイなどの介護施設を利用して父の面倒をみていたのだけど、徘徊するようになったある冬の寒い朝、父は隣の空家の玄関で凍死していた。帰ってきたつもりだったんだろうけど、家を間違えたんだろうな。

妹はそれよりもっと前から家にいない。二十二で海外へ留学したと思ったら、あっさりあっちの男と結婚してしまったからだ。駆け落ち同然だったから、十年ほど妹とも会っていない。

手紙もハガキも届かないし電話もない。母の葬式の連絡も、父の葬式の連絡もできなかった。正直生きているかすら定かではない。

父は東北の出。母は九州。だから親戚すら俺にはいない。いないわけはないのだろうけど、父の葬式を最後に親戚との絡みは一切なくなった。

だから俺は一人だ。


一人暮らしは気楽だ。最近そう思うことが強くなった。

ニュースを見ていると、善良な人間が友達に殺されたり、恋人（こいびと）に殺されたり、元恋人に殺されたり、子供に殺されたり、孫に殺されたり、警官に殺されたりしている。

まぁ、警官は他人だけれど。

三年前から勤務している会社は接客業ではないが、他人とまったく関わらないわけにはいかない。上司も同僚（どうりょう）も後輩（こうはい）もいる。笑顔をべったり貼（は）り付け、気を遣（つか）って一日過ごす。帰りの車の中では頬（ほほ）が筋肉痛になっているくらいだ。

プライベートだけは心安らかにいたいと思うようになった。

なにもない生活が一番しあわせだと……そう感じるのだ。

幸い、母の保険金と父の保険金が間を置かず入った。本来ならそこまであくせく働かなくてもいいのだけれど、そこは貧乏性（びんぼうしょう）というか……根っからの遊び人にはなれないのだ。老後の蓄え(たくわ)も必要だし、日々の生活くらいは自分の給料でやりくりしていかなければと思っている。なにしろ俺の金を必要とする人間はいないのだ。贅沢(ぜいたく)さえしなければ、貯金に手を出す必要は一切ない。

この静かな生活に俺は満足していた。

そんな静かな満ち足りている生活にある日異変が起こった。

隣の空家はリーマンショックの時に売りに出されて以来ずっと空家のままだった。敷地(しきち)面積は俺の家の倍あるし、家屋も三階建ての鉄筋コンクリート。見た目から相当金がかかっている。売値が高すぎて買い手が見つからないままだったのが、とうとう買い手が現れたのだ。

五月(さつき)晴れの日曜日の朝、引越(ひっこ)し業者の大きなトラックが二台やってきた。五月の爽(さわ)やかな風を感じようと、縁側(えんがわ)の窓を網戸(あみど)にして本を読んでいると家主らしき男の声がした。女性の声と小さな子どもの声もする。どうやら三人家族みたいだ。

その日の夜七時頃(ごろ)、玄関の安っぽいチャイムが鳴った。ドアを開けると、背の高い爽やかな笑顔の男性と綺麗な女性、可愛らしい男の子が立っていた。

「隣に越してきました田口です。今日はうるさくしてすみませんでした。これからどうぞよろしくお願いします。これつまらないものですがお納めください」

「ああ、よろしくお願いします。大竹です。どうもわざわざありがとうございます」

俺は笑顔を作って頭を下げた。三歳くらいだろうか、母親の足にしがみついている男の子にも笑いかける。

男の子は俺を見て、母親の後ろへ隠れた。

一家はとても裕福なのだろう。それに綺麗な奥さんと、可愛い子ども。とても羨ましい。でも結婚は一人の静かで平穏な暮らしを奪ってしまう。

俺ももう三十五だし……本当は真剣に考えたほうがいいのかもしれないが。

しかし、どうしても躊躇してしまうのだ。

ある日、配達業務を全て終えた俺は、コンビニの駐車場で遅めの昼飯をとっていた。

ミックスサンドの封を開けてパクッとかぶりつく。コンビニの裏手はわりと広めの駐車場で大通りに面していないから休憩に最適だった。缶コーヒーを飲んでいると、俺の乗っている中型トラック、その一台あけた場所に真っ青なセダンが静かに停まった。青色のＢＭＷ。目立つ色の車にギョッとした。隣の家のガレージに停まっている車と同じ色だったからだ。

田口さんだったりして？


俺はシートの背を倒しつつ、チラッと車内を見た。

右ハンドルのＢＭＷ。運転席の横顔はやっぱり田口さんだった。隣に座っている女は……挨拶に来た女性とは別人だった。随分若そうだ。田口さんは周りを少し気にしながら、自分の腹のあたりに視線を落とし、それから女の頭をグイと押さえた。気持ち良さそうに目を閉じている田口さん。

あんな若い女に車内であんなコトさせて……なんて羨ましいんだ。

というか、あんな美人の奥さんがいるのに。人間というのは欲張りな生き物だ。まぁ、浮気は墓場まで持っていけば……要は奥さんにバレなければなんの問題もないのだろうし、隣の家の事情に首を突っ込むのはやめよう。
俺はシートをすっかり倒して昼寝をした。

しかし田口さんは隠し事が下手なタイプらしかった。
六月になってからのことだ。夜、網戸にしていると隣家からいろんな音が聴こえてくるようになった。皿が割れる音。奥さんがなにかをわめきたてる声。たまに田口さんの怒鳴り声も聴こえた。
田口さんが仕事から戻ってくるのは大体十時頃。静かな住宅街だから、隣家のガレージに車を入れる音は直ぐに分かる。それから喧嘩が始まるのだ。

やれやれ……やっぱり結婚はしないほうがいいな……。

隣家のバトルに聞き耳を立てながら俺は静かに本を読んだ。

七月になっても田口家はなにかと騒がしかった。エアコンを入れるようになって多少音漏れはしなくなったが、それでも時折かすかにではあるが奥さんのヒステリックな声が聴こえてくる。

あんなに叫んで子どもは目が覚めないのだろうか。心配になるくらいだった。


八月に入ったある日の夜。

俺はなぜかフッと真夜中に目が覚めた。

なぜ目が覚めたのだろう。いつも朝までグッスリ眠れるのに。

ボーッとしたまま天井を眺めていると、ザシュッと音がした。スコップが地面を掘る時の音のようだ。

田口さんちから？

腕を伸ばし枕元の時計を摑んだ。

一時……こんな夜中になにやってんの？

俺は寝室を出て、二階へ上がった。隣家に面している普段使っていない部屋へ入り、カーテンの隙間からそっと隣家の庭を見た。

「…………」

田口さんだった。スコップで庭を掘っている。随分深く掘っているみたいだ。

何を埋める気なんだ？

そういえばここ数日、隣からいつものバトルが聴こえてこなかったことを思い出す。

まさか……いや、そんなバカな……。

そう思いながら田口さんを見ていると、ようやく納得のいく深さになったのか田口さんが掘るのをやめた。地面にスコップを突き立てたまま家の中へ入っていく。

これで終わりなのか？　やっぱり考えすぎか？

田口さんがまた庭へ現れた。布に包まれた何かを抱えている。

大きさは……。

田口さんが俺の視線を感じたようにふとこちらを見上げた。

俺は息を呑み、カーテンから離れた。そのまま部屋を出ると、静かに寝室へもどり布団を被った。
奥さんじゃない。奥さんだったらもっと大きいだろう。あれは……あれは……三歳くらいの子どもの大きさだ。

それから毎日、田口家を観察している。土曜日も日曜日もだ。しかし、田口さんが会社へ出掛けることはあっても、奥さんと子どもの姿をまったく見ない。

疑惑はだんだん確信へと変わっていく。

きっと喧嘩の最中に、カッとなった田口さんが奥さんを殺してしまったんだ。そして子どもも……。どうしよう。警察へ届けたほうがいいのだろうか？　でも証拠はない。もしまったくの勘違いだったら、隣家と最悪な関係になってしまうだろう。変人呼ばわりされるかもしれない。俺は平穏な生活が望みなんだ。ギクシャクしたり、気を遣ったりしたくない。

でも、でもだよ？　本当に奥さんと子どもを殺しているなら田口さんは殺人犯だ。

そんな人が隣にいたら……やっぱり嫌だ。


俺は決意した。

警察へ届ける前に、証拠を見つけるんだ。


八時半。田口さんが青色のＢＭＷで出ていく。それを見送り、さらに二時間ほど待った。

どんどん気温が上昇していく。十時を過ぎれば外はもう三十度近くまで上昇して、誰も外を散歩したり、ましてや立ち話なんてしない。それに田口さんも俺も遠目から見て大差はない。男が庭いじりをしていると思うだけで、誰も不審者とは思わないだろう。俺は麦わら帽子とタオルで顔を隠して、スコップで庭を掘り返した。

田口さんが戻るのはいつも夜の十時過ぎ。どうせあの若い愛人と過ごしてからしか家に戻らない。それならそんなに慌てることもない。確実にアレを掘り返すんだ。

ザクッ……ザクッ……。

顎に垂れる汗をタオルで拭きながら地面を掘り進める。そこだけ地面の色が変わっていたし、二階から目視していたからだいたいどこを掘ればいいのかは分かっていた。

ザクッ……ザクッ……。

「あ」

三十分ほど掘り返し、ようやく茶色に変色したシーツのようなモノを発見した。

唇が震える。もしかして、二人の遺体が並んでいるのかもしれない。俺は庭に膝を突いて、そのシーツをめくろうと手を伸ばした。

ドックン、ドックン、ドックン……。

心臓の音が耳の中で聴こえる。

もう少し……。

指先でシーツを摘まんだ。微かに漂う異臭……。

「あの、なにやってるんですか?」

へ？

その声に慌てて振り返った。

目の前にいたのは爽やかな黄色のワンピースを着た田口さんの奥さんと、息子くん。

「あれ？　え……？」

俺は目を丸くして穴の中を見た。それからまた奥さんを凝視する。

奥さんじゃない……？　じゃ、誰？

奥さんも俺の後ろにある穴に気づいた。

「それは……なんですか……？」

奥さんは目を見開き、青ざめた顔で俺を見た。


「すみませんでした！」

豪華で広すぎるリビングのソファに座ったまま、俺は奥さんに深々と頭を下げた。

「いいえ。ビックリしましたよね。私でも夜中にそんなの見ちゃったら、もしかして？　って思うかもしれません。アイスコーヒー、どうぞ飲んでくださいね」

「ありがとうございます。……いやぁ、本当に、警察へ相談しなくて良かったです」

「主人が悪いんですよ。いくら結婚前からずっと可愛がっていた犬だからって、ちゃんと動物用の火葬だって今はあるのに。そのまま庭に埋めちゃうなんて、まったく。お墓でも作るつもりだったのかしら」

「はぁ……田口さんのワンちゃんだったんですね」

「あの人も息子も犬が大好きで。でも、だいぶおじいちゃんだったんです。散歩もほとんどしてませんでした。最近は寝てることが多くて。でも、里帰りしている間に死んじゃうなんて……息子も泣きつかれて眠ってしまいました」

奥さんもお子さんも殺されてなかった。とんだ勘違いだった。庭に埋葬されていたのは田口さんが高校生の頃から飼っていたワンちゃんだった。

「里帰りですか。だから……。最近、お見かけしないなって思ってたんですよ。勘違いしちゃって……本当に申し訳ないです」

奥さんは恥(は)ずかしそうに首を横に振った。

「大竹さんには聞こえていましたよね？　私たちの……夫婦喧嘩の声」

「あ、はぁ……まぁ、でも、たまには喧嘩もしますよ。どこの家庭でも」

「恥ずかしい話なんですけど、夫が浮気をしてまして。子どもを連れて実家へ帰っていたんです。でも謝ってきたので、やり直そうと思って戻ってきました」

「そうなんですね。雨降って地固まる。いいじゃないですか」

「でも、まだ心から信用しきれてなくて不意打ちで帰ってきたんです。もしかして、他の女を連れ込んでいるかもしれないじゃないですか？」

「なるほど。で、そっと庭に入ってきたんですね？」

「ふふふ。そうなんです。ホントに恥ずかしいわ」

「いえいえ。わたしこそ、お恥ずかしい」

「お互い様ですわ。主人には私が掘り返したと言っておきます。それでちゃんと火葬場へ持っていくよう説得しないと……はぁ。まったく困った人だわ」

「ははは……」

「ふふふ」

煩わしい人間関係は苦手だったが、田口さんの奥さんはサバサバした気持ちのいい人柄をしていた。少しだけど話せて良かった。それに田口さんが殺人犯じゃないと分かって本当に良かった。

家に戻り、縁側に座りながらひとしきり考えた。

田口さんの奥さんは笑って許してくれたけど、人様の庭を勝手に掘り返すなんて……警察を呼ばれてもおかしくない。

小さな庭を見ながら思った。

自分がそうだからって、田口さんもそうしたに違いないと……結局、思い込んでいただけだろう。

まったく……。

深く反省していると、ここ数年ずっと鳴ったことがなかった電話が突然鳴り出した。

俺はギョッとしてテレビの横にある電話を振り返り、おそるおそる受話器を取った。

「もしもし……？」

『もしもし？　誰？　お兄ちゃん？　杏子だよ！』

「え……？　きょ、きょうこ？」

『うんうん。お兄ちゃんなの？　なんか声が変わった？　あ、今ね成田に着いたところなの！　今から家に帰るね！　みんな元気？』

「お、おう。元気だよ……それにしても急だな」

『あはは。ごめんね！　国際電話ってお金かかるからさー。でも、お土産いっぱいあるから、楽しみにしててよ！』

「一人なのか？　家族は？」

『一人……ってゆーか、別れたの。ま、それも、着いてから話すよ』

俺は呆れて受話器を置いた。

自由奔放すぎるだろう。いったいどういう育ち方をしたんだ。

居間においてあるアルバムを開く。

杏子、杏子……こいつか。いかにもやんちゃそうな顔だ。ったく。話が違うじゃないか。行方不明も同然って言ってたのに……。

さて、どうしたものか。ご近所の目は誤魔化せても、妹の目は誤魔化せまい。いくら十年ぶりだったとしても……。

一難去ってまた一難、だな。

もう一度アルバムに目を落とす。

成人式の杏子の写真は細くてなかなか美人だ。

体型もアメリカナイズされてないといいけどな……してたら重労働になる。

色々考えながら押入れから介護士時代の白衣と、ネームプレートを引っ張り出した。

白衣のポケットから紐を取り出し強度を確かめ、紐の端っこを親指で挟み、手の甲にクルクルと巻きつけ丸めると、もう一度ポケットへ入れる。

「ふう」

やはり人生……なにもないのが一番しあわせだ。

本書は、小説投稿サイト「エブリスタ」が主催する短編小説賞「三行から参加できる　超・妄想コンテスト」入賞作品から、さらに選りすぐりのものを集め、大幅な編集を施したものです。

本書の内容に関してお気づきの点があれば編集部までお知らせください。info@kawade.co.jp

5分後に驚愕のどんでん返し

２０１７年４月30日　初版発行
２０１７年12月30日　５刷発行

［編　者］エブリスタ
［発行者］小野寺優
［発行所］株式会社河出書房新社
〒一五一－〇〇五一　東京都渋谷区千駄ヶ谷二－三二－二
☎ 〇三－三四〇四－一二〇一（営業）　〇三－三四〇四－八六一一（編集）
http://www.kawade.co.jp/

［デザイン］BALCOLONY.
［組　版］一企画
［印刷・製本］中央精版印刷株式会社

ISBN978-4-309-61212-6　Printed in Japan

「5分シリーズ 刊行にあたって」

今の時代、私たちはみんな忙しい。
動画UPして、SNSに投稿して、
友達みんなに返信して、ニュースの更新チェックして。

そんな細切れの時間の中でも、
たまにはガツンと魂を揺さぶられたいんだ。

5分でも大丈夫。
短い時間でも、人生変わっちゃうぐらい心を動かす、
そんなチカラが小説にはある。

「5分シリーズ」は、
5分で心を動かす超短編小説を
テーマごとに集めたシリーズです。
あなたのココロに、5分間のきらめきを。

エブリスタ × 河出書房新社

5分後に涙のラスト

感動するのに、時間はいらない——
過去アプリで運命に逆らう「不変のディザイア」ほか、最高の感動体験8作収録。

ISBN978-4-309-61211-9

5分後に驚愕(きょうがく)のどんでん返し

こんな結末、絶対予想できない——
超能力を持つ男の顛末を描く「私は能力者」ほか、衝撃の体験11作収録。

ISBN978-4-309-61212-6

5分後に戦慄(せんりつ)のラスト

読み終わったら、人間が怖くなった——
隙間を覗かずにはいられない男を描く「隙間」ほか、怒濤の恐怖体験11作収録。

ISBN978-4-309-61213-3